作家笔下的海峡二十七城

作家笔下的

南平

作家笔下的海峡二十七城丛书编委会 编

海峡出版发行集团｜海峡文艺出版社

图书在版编目(CIP)数据

作家笔下的南平/作家笔下的海峡二十七城丛书编委会编.
－福州:海峡文艺出版社,2010.6
(作家笔下的海峡二十七城)
ISBN 978-7-80719-476-7

Ⅰ.①作… Ⅱ.①作… Ⅲ.①散文－作品集－中国－当代
Ⅳ.①I267

中国版本图书馆 CIP 数据核字(2010)第 091312 号

作家笔下的南平

作家笔下的海峡二十七城丛书编委会 编

责任编辑 林　滨　林洁如
出品人 何　强
出版发行 海峡出版发行集团
　　　　　　海峡文艺出版社
经　　销 福建新华发行(集团)有限责任公司
社　　址 福州市东水路 76 号 14 层　　　**邮编** 350001
网　　址 www.hx-read.com
发 行 部 0591－87536797
印　　刷 福州德安彩色印刷有限公司　　　**邮编** 350008
开　　本 880×1240 毫米　1/32
字　　数 110 千字
印　　张 5
版　　次 2010 年 6 月第 1 版
印　　次 2010 年 6 月第 1 次印刷
ISBN 978-7-80719-476-7
定　　价 35.00 元

如发现印装质量问题,请寄承印厂调换

总序

笪园忠

"作家笔下的海峡二十七城"丛书即将付梓出版，并在海峡两岸同步发行。这是两岸出版业界携手合作的又一个重要成果，很有创意、新意、意义，可喜可贺。

由海峡文艺出版社、台湾图书出版事业协会和福建闽台图书有限公司共同策划推出的"作家笔下的海峡二十七城"丛书，对海峡西岸经济区 20 城市（福建的福州、厦门、漳州、泉州、三明、莆田、南平、龙岩、宁德；浙江的温州、衢州、丽水；广东的汕头、梅州、潮州、揭阳；江西的上饶、鹰潭、赣州、抚州）和台湾 7 个代表性城市（台北、台中、高雄、台南、新竹、嘉义、花莲）的历史文化，进行审视梳理和系统介绍，充分展示了两岸之间深厚的历史文化渊源，体现了中华民族的悠久历史和灿烂文化。丛书的出版，融合了两岸文化人的智慧，开创了两岸出版业界合作的新模式。具体来说，有以下几个特点：

一是立足海峡、紧扣时代。丛书抓住海峡两岸 27 城市历史文化的精彩片段进行遴选还原，用历史的眼光加以辩证审视，用现代的情感进行勾画叩问，用精彩的文字和富有表现力的图片予以生动展示，使时代的主题得到了很好的诠释和表现。

二是选文精当、点面结合。丛书设置了"探寻历史遗存"、"拜访古代先贤"、"感悟绿色山水"、"品味地方风情"等章节，分别从物质文化遗产、历史著名人物、自然山水景观以及非物质文化遗产等层面，进行选文组合，将当地的历史文化、风土人情、民俗风情、城市面貌生动展示出来，让读者不仅感受到闽南文化、客家文化、妈祖信俗等两岸共同文化之根的深远影响，而且也感受了海峡城市群多姿的历史风貌和独特的现实魅力。

三是形式活泼、图文并茂。丛书以散文的手法探寻历史，注入现代人的情感，赋予较强的文学性和可读性；书中辅以大量精美的图片，图文并茂，具有很强的吸引力和感染力，既可作为散文佳作来品，也可作为乡土历史教材来读，还可成为外地读者了解一个城市的旅行读本。

四是两岸携手、创新合作。丛书从文化寻踪入手，由两岸业界携手，在图书的编写、出版、发行等各个环节建立紧密合作，在推动两岸合作上具有典范性意义。

海峡两岸各界对本丛书的出版都给予了高度关注。新闻出版总署署长柳斌杰为丛书题词。台湾知名人士连战、吴伯雄、宋楚瑜、王金平、江丙坤、蒋孝严、黄敏惠以及胡志强等也为丛书出版题词祝贺。

当前，两岸关系发生了重大积极变化，两岸和平发展处于进一步向前推进的重要机遇期。希望两岸出版业界抓住机遇，开拓进取，以文化为纽带，以发展为主题，以创新为动力，以项目为抓手，携手合作，共同努力，不断谱写两岸出版业交流合作的崭新篇章，建设两岸同胞共同的精神家园，推动两岸关系朝着和平稳定的方向发展。

（作者系中共福建省委常委、宣传部长）

目 录

探寻历史遗存

拜访古代先贤

感悟绿色山水

品味地方风情

南平市位于闽、浙、赣三省交界处。早在四千多年前的新石器时代，就有土著人在此繁衍生息。如今，它辖一区四市五县，即延平区、邵武市、建阳市、建瓯市、武夷山市、顺昌县、浦城县、光泽县、松溪县、政和县。

曾经辉煌的闽越王城、"东南伟观"建瓯孔庙、存世三千年仍旧如新的越式剑、我国历史最为悠远的仿木石构建筑宝山寺……这些历史遗存是南平历史文化的化石，亦是南平的文明之光。

探寻

历史遗存

南平市全国重点及省级文物保护单位

	全国重点文物保护单位				
序号	名称	年代	地点	公布时间	类别
1	北苑御焙遗址	宋	福建省建瓯市	2006年5月	古遗址
2	建瓯东岳庙	清	福建省建瓯市	2006年5月	古建筑
3	建窑遗址	唐至宋	福建省建阳市	2001年6月	古遗址
4	释迦文佛塔	南宋	福建省南浦县	1988年1月	石刻及其他
5	宝严寺大殿	明	福建省邵武市	2006年5月	古建筑
6	宝山寺大殿	元	福建省顺昌县	2001年6月	古建筑
7	城村汉城遗址	汉	福建省武夷山市	1996年11月	古遗址
8	武夷山崖墓群	青铜时代	福建省武夷山市	2006年5月	古墓葬

	省级文物保护单位				
序号	名称	年代	地点	公布时间	类别
1	池湖遗址	青铜时代	光泽县崇仁乡池湖村	2001年1月	古遗址
2	东岳庙	明	建瓯市城东	1996年	古建筑
3	建瓯文庙	清	建瓯市城关仑仓长路	1991年	古建筑
4	中共闽北临时特委旧址	1927年	建瓯市城关序五里7号	1991年	近现代重要史迹及代表性建筑
5	北苑凿字岩石刻	北宋	建瓯市东峰镇焙前村	1996年	石窟寺及石刻
6	宋慈墓	宋	建阳市崇雒	1961年	古墓葬
7	朱熹墓	宋	建阳市黄坑	1985年	古墓葬
8	将口唐窑窑址	唐	建阳市将口乡将口村	1991年	古遗址
9	大口窑村窑址	宋	浦城县观前	1961年	古遗址

	省级文物保护单位				
序号	名称	年代	地点	公布时间	类别
10	云峰寺	明清	浦城县水北街镇曹村	2001年1月	古建筑
11	李纲祠堂	清	邵武市城区仁爱巷	1991年	古建筑
12	宝严寺大殿	明	邵武市内	1985年	古建筑
13	邵武中书第	明清	邵武市五四路道佳巷	2001年1月	古建筑
14	罗汉寺大殿	清	松溪县河东乡大布村	2001年1月	古建筑
15	赤石暴动旧址	1942年	武夷山赤石	1961年	近现代重要史迹及代表性建筑
16	闽北革命烈士纪念碑	1958年	武夷山市列宁公园	1991年	近现代重要史迹及代表性建筑
17	余庆桥	清	武夷山市区南门街	2001年1月	古建筑
18	上梅暴动遗址	1928年	武夷山市上梅	1961年	近现代重要史迹及代表性建筑
19	武夷山史迹——悬棺、虹桥板、摩崖刻石、刘子羽神道碑	宋至清	武夷山市武夷山	1985年	其他
20	下梅大夫第	清	武夷山市武夷乡下梅村	2001年1月	古建筑
21	遇林亭窑址	宋	武夷山市星村	1961年	古遗址
22	杨源英节庙	清	政和县杨源乡杨源村	2001年1月	古建筑
23	南剑州重建州学碑记	宋	南平市延平区	1961年	石窟寺及石刻
24	游定夫祠	清	南平市延平区南山镇凤池村	1996年	古建筑

江南第一古城

赵建平

武夷山南面一座连绵起伏、枕山抱水的丘岗，曾是两千多年前恢宏的古汉城——闽越王城。这里是福建文明的发源地，1959年被福建省人民政府确定为第一批文物保护单位。1996年国务院核定并公布为第四批全国重点文物保护单位，1999年12月，武夷山被列入《世界文化与自然遗产名录》。

作为闽越国的王城，武夷山古汉城是汉代福建社会政治、经济、文化的中心，为现今我国长江以南保存最完整的一座汉

代古城。据史书记载，战国末年，越王勾践的十三世孙无诸统一"七闽"，建闽越国，将闽中之地建成割据一方的"东南之强"，掀开了福建文明史的新篇章。公元前111年，无诸之子东越王馀善恃强据险公开与汉王朝分庭抗礼，"刻'武帝'玺自立"，于是招来灭顶之灾。这年秋，汉武帝发四路兵马进逼闽越，繇王居股杀馀善降汉，汉兵平定了闽越叛乱，汉武帝还采取"徙民虚其地"的办法，将闽越臣民迁至江淮间，一把大火烧毁了始建于公元前202年的闽越王城。

闽越王城城址跨越三座连绵山丘，依山峦起伏之势筑城，西高东低，逶迤而下。城址四周有夯土城墙，其轮廓至今依稀可辨，四座城门东西遥望，直道相通，城内有宫殿、寝宫、烽火台、瞭望台等建筑设施。宫殿中的室内浴池，供排水管道设施严整、完备，为我国目前所发现的古代最早的宫内豪华浴池之一。

值得一提的是，在宫殿北宫墙和长廊外发掘出的一口汉代古井，至今水质纯净，清冽可饮。专家认为，该井的选点挖筑，显示了闽越先民在水势、水源、水质三方面的勘测技术已达到很高的水平。

整个闽越王城的布局既符合《周礼》中建国都须利用山川环绕为固卫的经典，同时又吸取了《管子·乘马》中"凡立国都，非于大山之下，必于广川之上，高毋近旱而水用足，下毋近水而沟防省，因天才，就地利"的城建思想体系，被国内外学者称为中国古代南方城市的一个典型代表。城址内外的宫殿楼观建筑，不仅宏伟壮丽，而且在内部结构上采用干栏式建筑手法。这是我国目前独具一格的宫殿建筑艺术，在中国和世界建筑史上占有重要地位。

闽越王城遗址发掘出大量的陶器、铁器、铜器等文物，其中不乏显示当时社会生产力发展水平的文物，有目前我国已知最大空心砖、最早的铁鱼叉、最长的铁矛头、最重的铁犁铧、最大最重的铁门臼、护枢及西汉时期仅见的铁五齿耙等。

该城址保存之完整，规模之大，出土文物之多均荣登中国南方重要考古遗址之最，被誉为"中国江南第一古城"。1998年，世界遗产委员会协调员、英国考古学家亨利·克利尔博士在考察武夷山时，形容闽越王城："这是中国的奈良！"

千古之谜——武夷悬棺

商 鲍

　　已有三四千年历史的武夷悬棺，以其神秘性和独特性吸引了古往今来无数过客。武夷悬棺为何呈船形？何以布满山中大小高低的岩壑？

　　武夷悬棺为形似江南乌蓬船的木棺，是武夷山闽越族先民的一种葬具，于 1985 年 10 月被列为福建省省级文物保护单位，是武夷山世界文化遗产的重要组成部分。由于武夷悬棺均处于悬崖绝壁的洞窟中，安葬搁置难度极大，各种假设均无法自圆

其说，故成为千古之谜，引起世界各地考古工作者的关注和讨论，形成了独特的"武夷悬棺搁置学"。武夷悬棺也因此列入"世界文化遗产"，2006年5月被国务院核定并公布为第六批全国重点文物保护单位。

武夷山曾有"悬棺数千"。更具特色的是，武夷山的悬棺是架壑船棺，其形如船。有的"船长二丈许，中阔首尾渐狭，类梭形，传为圆木刳成，且具棹楫，然遥望之弗能详也"。也有小的"长丈余，阔三尺"。船棺一般只盛一副骨殖，但是，"大王峰有四船相覆，以盛仙函，共二十余"。此外，"金鸡洞内有贮香一船"，贮满香料，却没有骨殖。有的船棺甚至还备有棹楫！

为什么要仿以船形

呢？专家们以为，武夷先人为闽越人的一支，习于水，这种葬俗就是他们水居生活的具体反映。有的以陶器等为殉葬品，有的以卵石，或以木盘为殉葬品……可见船棺葬俗的复杂性。

船棺的结构是什么样的呢？经过科学考察，由观音岩取下的一号船棺两边各有一洞，棺底两端向上翘，有明显的船形。在白岩取下的二号船棺与它一样，均是用大楠木雕镂而成，盖作半圆形，内部剖空，如船篷，十分精致、严密。

船棺高悬至今成谜，所有放置船棺的洞穴，上到峰顶，下至崖谷，至少有数十米之遥，而所处的峭壁大多丰上敛下，今人根本就无法攀援。武夷先人是用什么方法将船棺放进岩洞之中的呢？有人根据明代的记载，提出可能是从岩顶将棺木悬吊

垂下，再将棺柩移入洞穴的；有人认为可能是架栈道将船棺移入；还有人认为，可能人先进洞，尔后再由数人合力将船棺拉进洞。明代文人张于垒考察武夷山后甚至提出"水落石出"的地貌变迁说，但这种沧海桑田的过程至少要千百万年之久，又怎么能在三四千年内完成？

众说纷纭，却未能有一个令人信服的答案。1978 年 9 月，福建省考古队从武夷山取下的"武夷二号船棺"，鉴定为国家一级文物，经测定，约为我国历史上的商代，是迄今为止考古发现最早的悬棺。1999 年联合国教科文组织专家考察武夷山后认为，武夷悬棺是世界最早的悬棺，武夷山是世界悬棺葬俗的发祥地。

宿万年宫

[明]蓝　智

问道神仙叩洞门，清溪古木路斜分。

桃花满地飞红雨，桔树层崖涨绿云。

讲罢先天烟篆冷，梦回残月玉笙闻。

高秋也欲扶衰老，共候山中白马君。

名刹藏宝山

林永祥

大凡生活在山区的人们对山都习以为常，我虽然知道宝山是个好去处，但因山高路远，也懒得去。2001 年 6 月 25 日，国务院公布了第五批国家级文物保护单位，顺昌"宝山寺大殿"金榜题名，成为"国宝"。历史上曾经颇有名气而一度沉寂的宝山，又一次声名远扬，一拨又一拨慕名而来的游客不辞辛苦、长途跋涉前来"朝觐"的劲头，也令久居山城的人怦然心动，因而我们几人相约再登宝山。

宝山寺，位于海拔 1305 米的宝山峰顶，坐北朝南，建于元至正二十三年（1363），明、清时均有重修，现面阔 5 间，东西宽 15.8 米，进深 4 间，南北长 12.35 米，建筑面积 195.13 平方米，单檐悬山顶，砂岩仿木结构，除两扇大门外，柱、梁、斗拱、檩、屋面瓦件、脊饰、鸱吻俱为石材、给人一种敦厚、坚实的印象。

宝山寺是我国唯一保存

完好且历史最为悠远的仿木石构建筑。其梁、柱呈棒锤状，稍大的构件，至少在 3 吨以上，柱和厅中心的房梁估计有 10 多吨。寺内所有构件都依照木建筑样式，连木柱为防湿所留的气孔，在石柱上也没有遗漏。石头非木头，雕琢起来要倍加小心，如此艰巨的工程能够在颠峰之上历经数百年风雨而依然挺立，由此可见古代建筑工艺之精深。

宝山寺有明确纪年，这又是宝山寺的独特之处。历史悠久的文物大都难以考证它的年代，而宝山寺则在大梁上留下了"维大元至正二十三年"的字样，历经 600 多年，至今依然清晰可见。

每个建筑构件，大到柱梁，小到瓦楞，都书有捐赠者名氏，体现了当时宗教的影响力。

屋顶中梁上书"当今皇帝万岁"。作为宗教场所，在屋顶中梁上书"当今皇帝万岁"6 个大字，简直不可思议。对此，有多种揣测和解释：一是建庙时已是元朝末年，社会动荡，建庙主事者念皇帝之恩，不愿朝廷更迭，遂有上书；二是建庙时皇上亲自驾临或特别关照，感皇恩浩荡，故有上书；三是当地有京官或有与皇帝关系亲密者出巨资捐建，书此大字，以明心迹。宝山寺前还有一个被称为"宝炉"的石香炉，两旁书有对联"纳九州贡"、"化万民怨"，何等的气魄，何等的胸怀！所有题刻，文字书写工整，功底精深，非同凡响。

宝山寺分为上下两庙，其间距约 50—60 米。上庙据说重建于明洪武二十四年（1391），位于号称南天门的山崖上，巍峨壮观，张扬外露；下庙蛰伏低矮，隐蔽内敛。

宝山有独特的地理环境。出发前一天同伴们就十分留意天气预报，中央、福建省电视台都预报说是晴天，但我们到了上湖村，天气变成了阴天。待我们到了庙里，骤然下起了大雨。通常山上的气温要比山下低了 7—8℃。据住在庙里的文物工作者说，10 多天前，山上刮飓风，大有摧枯拉朽之势。他告诉我们，上庙不知何年毁于风雨雷电，尚留半壁和数根兀立的断柱，见证宝山天气的激变。而就在上庙脚下还有一座供奉"齐天大圣"的小石庙，却安然无恙。也许是"齐天大圣"法术齐天，雷电之神畏之，不敢放肆。这小庙里的大圣像雕刻得活灵活现，栩栩如生。庙里同时供奉的还有传说为孙悟空兄弟的"通天大圣"牌位。以建上庙的时间推算，"齐天大圣"庙要比明代小说家吴承恩写《西游记》的时间早近 200 年。在残垣断壁前驻足，看着大自然发怒时留下的"作品"，能感知到黄卷孤灯下修炼的僧人的坚定意念和高远心志。

走进和平古镇

汪 洛

知道和平古镇，是由于福建省评选"最美的乡村"，和平古镇榜上有名，于是便有了到和平古镇一游的想法。

走进和平古镇，最先踏上的是一条古街道，古镇的主路是一条并不很宽的石板路，但以古时的眼光看，这已经是很大的规模了。沿着这条古老街道前行，我突然想起了自己儿时老家，同样的石板路，同样的青砖，同样的屋檐。由于建水电站，老家的房子在二十年前就被水淹了。

走进古镇的第一感觉就是历史悠久。古镇像一个动不了的老者，每一砖、每一条石板，都镌刻着历史的记忆：和平古镇内有遗存完好的书院、明清古建筑二百余栋及古街巷、古谯楼等。古镇民风淳朴，古迹俯首皆是。

走了一段古街道，在导游的带领下，穿过一道小巷。小巷只有七十多厘米宽，脚下铺的是鹅卵石，两边都是青砖的墙。

犹如时光隧道，我们走进了历史深处的和平古镇。这条小巷通向廖氏大夫第。廖氏大夫第为朝议大夫、四品衔广东候补通判廖传珍宅第。廖氏大夫第有一些中西合璧的元素，文化氛围浓厚，共四座院落，占地二千余平方米。主院落的第一进在主门楼外，且仅在两侧建廊楼，楼上为书房，名"课子楼"。门楼仅有少许砖雕花草图案，简朴无华；门额镌刻楷书"大夫第"三个大字，遒劲有力。"课子楼"的雕饰题刻及楹联书画俱精，文化内涵丰富深刻，为上乘的艺术佳作，是传统文化的体现，其建筑吸收西方建筑文化元素，是中西建筑文化

交融合璧的表现。南侧廊楼的一株古柏，是建廊楼前就有的。建房时保留古树，让其穿屋而出，是中国古代哲学中强调天地自然、时空与人事的和谐，注重环境协调和生态保护的"天人合一"思想在建筑上的体现，一首题为《穿房柏》的诗写道:"根扎雕廊下，干穿房顶荫。雕廊颜色老，虬柏绿犹新。"这是对穿房柏真实的写照。

参观完廖氏大夫第，我们又通过石板小路，来到了和平书院。这是闽北历史上最早的一座书院，系后唐工部侍郎黄峭弃官归隐时创建。

现存的和平书院建筑为清乾隆三十四年（1769）应士民黄浩然等听请，于文昌阁辟地复建，"以唐宋旧名名之"。

和平书院已没有了往日的尊贵和辉煌，书院空空如也，只有两位老人在此守护着。看着破旧的门槛，不平的砖地，我们稍感凄凉，旧时的辉煌已不在，我们却能感受到这里走出人才的脚步声。

接着，我们又来到位于镇区北门的黄氏大夫第。

这又是一座时代风格明显，地方特色浓郁的占地二千余平方米的"豪宅"，共有三座合院，均临大街。砖雕丰富精美，富丽堂皇，有简洁疏朗的图案，有内涵深刻的画面。四幅主画面采用粗犷的写意技法,谐喻"松鹤延年"、"富贵长留"、"竹报平安"、"锦绣美满",既有深刻的文化内涵,又有浓郁的地方特色。

谯楼也是和平占镇的特色之一。和平占镇共有四座谯楼,每座谯楼都雄伟壮观。

和平古镇归来,我有一点感受:如果你只是平淡地走一走,并不能品赏出她有多美。当你去细细地品味她的时候,才发现她的美是在文化的韵味上。没有耐心的人,她的美将与你擦肩而过。

被专家誉为"全国罕见的城堡式大村镇"的和平古镇,是"中国历史文化名镇",是开放式的古民居和民俗博物馆。

为了防范匪寇,保地方平安,明万历十六年(1585),由当地士绅黄若岐、黄显岐,聂太三等倡议,民众自发集资修建了和平城堡。

和平城堡周长为三百六十丈,辟四个主城门和四个小城门。东、西、南、北四个主城门上建谯楼,现存东、北、西三处主城门和东、北主城门上两座谯楼。谯楼均为木结构,城堡墙体是就地取材,全部用河卵石砌筑,与官方所建郡县城垣用特别烧制的城墙砖构筑迥然不同,很有特色,故又称土堡。

和平城堡内一条长六百余米的青石板主街和两侧近百条纵横交错卵石巷道,加上鳞次栉比的明清古民居建筑,形成一个城堡式的大村镇,村落整体性很强。

延平摩崖石刻一瞥

陈建生

延平摩崖石刻，散落于碌碨景区、苍峡和溪源峡谷、石佛景区，各处都有数幅乃至十数幅不等。古书上记载有"石刻圣谕，在丘墩渡头岩壁上，隆庆六年延平府知府刊"。"丘墩渡头"很可能就是"碌碨景区"，因为碌碨景区距葫芦山码头约2千米，濒临闽江延平湖，而"丘墩"正是在葫芦山一带。

码头延伸处，曾有古代官道和古桥，古道旁有龙潭书院和龙井寺的遗址，还有宋淳化元年（990）所建的碌碨庵、伏虎庙等。这条古官道，是途经建瓯迪口进而通达当时建宁府等地的捷径。显然，葫芦山码头，"即古丘墩渡头"，作为货物集散地，占有了古时水陆交通的便利，因为它避开了延平前往建宁府水路必经的险滩和山路必经的古险道"三千八百坎"。因此，我们得以在今天看到众多的宋元摩崖石刻。

碌碨的"碨"字，古时或书作"瑰"。在该景区中，现今已知有石刻10幅、岩画或字画组合2幅，为宋、元所刻，笔锋遒劲、隽美，堪称艺术珍品，有人说"可谓延平之首"。

楷书"虎迹新堤"为"王老岩书"，背侧落款："时至顺癸酉（1333）春，郡缘首王老岩、副缘杨进禄募众辟斯堤。谨志。"有人将二款误合为一款，并认为两个"堤"不能解释成"堤坝"，也不是"题"的通假字，而应该读作"匙"，意为"堤封"，也写作"提",即"提封",作"封地"解,如此则含义、时间和关系就很清楚了。若此则王老岩是一个精通古籍的学究,因为"堤"的此音此义后世千余年来极少使用。而且依其上四只虎印是当时"人工雕刻上去的"来判断,"堤"还是通假"题"字为好,意为"题刻",既简洁又明了。至于"辟斯堤"解作"新辟这个题刻处也"未尝不可。紧邻的"擎天玄玉柱"刻于兀立的黑色巨大岩柱上,岩柱另一面刻"蘸碧",背面刻"禅关",均为楷书。"禅关"下有开口小洞,形似关卡,颇具禅味。而横排楷书"福田"左边竖排行楷书8行64字云:"收书遗子孙,未必能读,则囊;求田遗子孙,未必能守,则去。宜者积阴功,置之造桥修路。'岁迁物不移,物在名不显;他日冥冥中,为尔子孙护'乃达者之格言,后人之证据。"多行善积功德,也就既为自己,也为子孙留下了"福田",世人当解之。

　　另有两幅字迹已然模糊不清。其一为"……壹定……";

另一为"功德碑"之类的题名石刻，字数最多，上刻"建安县五十一乡"捐资"各拾钞五贯"（一作伍贯钞。"拾"应为"捐"之误）约六十余人名。

与岩画相关的两幅字，一为竖刻行楷"魁星"，其画则以"魁"字形变为一尊魁星像，阴刻，高约 1.2 米，宽约 0.5 米，该岩画为宋元时期喻意吉祥的象形文字图案："鬼"字化为一人手操一砚台，一腿曲蹬，正对着右上的"斗"器，蕴含了"人文射斗"的美意。另一幅岩画也是阴刻，为童子拜观音像，有北宋画风，刻于土名观音坑的一块天然石英质巨石上。观音丰满慈祥，端踞莲花；喜财童子侧身拱拜，圆月佛光笼罩。岩画线条有致，细处传神，雕蝉花钿、璎珞金钗，历历可识。正是时人所称观音老母形象，与后世美少女观音、金童玉女相随有着明显的不同。该岩石上部阴刻竖排楷书"補陀"二字。有人说，補陀是普陀的异字。其字如何，姑且不论，但就魁星和童子拜观音两幅岩画论之，堪称闽北一绝，在福建省尚属首见之珍贵古迹，国内亦为罕见。

苍峡古作岭峡，为峡谷，是古巡检司公署所在地。峡谷长约百米，泉清瀑飞，花繁树茂，景致清幽，也是涵养文化的好所在。峡内原有古石刻 5 幅，现仅存 1 幅，着实可惜。依《南平市志》载，楷书"行到水穷处，坐看云起时"，相传为朱熹所书；楷书"清虚洞天"，每字 1 米见方，原位于悬崖高处。仅存的"蒙泉"每字高 110 厘米，宽 90 厘米，上款为"成化甲午端阳日"（"日"或误作"节"），下款是"天台八岁童蔡潮书于此"，字迹端楷。如今为了保护，已将之"切割"下来另行收藏，但下款不见了，无法再就"八岁童"进行辨识。还有两幅也是蔡

19

潮等人所刻，其中"怀古"毁于修建外福铁路时，另一幅为"天台蔡潮宦游三至此，嘉靖甲申记"。嘉靖甲申（1524）晚于成化甲午（1474）50年。对于硕大的"蒙泉"，有人怀疑一个"八岁童"是否能书写得出来，但也有人说这是难得的一幅古代儿童书法石刻。据浙江地方志记载，蔡潮（1467-1549）字巨源，号霞山，临海（今临海市）人。明弘治十八年（1505）进士，授翰林院庶吉士，历任兵科给事中、湖广按察佥事、提督学政、贵州右参议。嘉靖元年（1522）移任福建右参政，筹措督运军粮，协力抗倭有功；开山辟路，疏溪造林，便利山区交通，政绩显著。嘉靖六年升河南右布政使，二十八年卒。著有《霞山集》十卷等。他擅长书法，善擘窠书。《续书史会要》称："霞山善作大书，巨坊名匾，取称遐迩。"

由此观之，诸如"怀古"、"蒙泉"等大字，确是有可能为蔡潮所书，至于"八岁童"应当是指依照其八岁时所书而摹刻于岩崖上，而非其亲临此地所书。摹刻时间则应当是嘉靖元年至六年蔡潮在闽为官"三至此"中的某一次。至于是否依其当时所书大小摹刻，或是放大摹刻，那就不得而知了。

宿延平津

[宋]蔡　襄

鸣籁萧森万木声，浓岚环匝万峰青。

楼台矗处双溪合，雷电交时一剑灵。

晓市人烟披雾旭，夜潭渔火斗寒星。

画屏曾指孤舟看，今日孤舟宿画屏。

"东南伟观" 建瓯孔庙

邓冠民

　　建瓯孔庙，坐落在城东北，是福建历史上规模最大的孔庙之一，曾被明朝重臣杨荣誉为"东南伟观"。

　　建瓯城内原有3座孔庙：建宁府孔庙、建安县孔庙和瓯宁县孔庙，这3座孔庙都附设了儒学学宫，所以当时有"一城三庙学"之说。现存孔庙是建宁府孔庙，其他2座县级孔庙和3座学宫均已毁坏无存。

　　根据有关史籍，建宁府孔庙始建于宋神宗年间（1068）。南宋建炎元年（1127），府学毁于兵乱。宋绍兴二年（1132）重建时，将孔庙并府学并立一处。宋绍兴十五年（1144），遭水灾倾塌，随即重修。而后自宋至元，屡毁屡修，历尽艰辛。明永禾三年（1405）重建时，府官将孔庙迁到今址，辟地20多亩。建筑布局仿照曲阜孔庙，东为孔庙，西为府学。其中有棂星门、泮池、战门、大成殿、明伦堂、经阁、春风堂、藏书阁、集贤堂、聚星亭、崇圣祠等一系列建筑群落。现存主体建筑大成殿，重建于清同治八年（1869），庙内檐柱础仍为明代所造。

　　20世纪50年代，西边府学被拆除，东边孔庙也被占用，大成殿濒临毁废。改革开放之后，地方政府及时抢救，经一年半的整修，恢复了大成殿、拜台、两庑、戟门、墨池、云桥、棂星门等主要建筑，并于1986年10月1日正式对外开放。

21

修复后的孔庙，保留原有明清建筑风格。厚重的朱漆大门配以数排大铜钉，体现一种极为凝重的历史感。进入大门，便是高耸的石柱石梁额坊"棂星门"，古人认为棂星即天王星，只有孔子可以和天上的星星同样的伟大。门后有一水池名泮池，上有石拱桥。泮池呈半月形，池中之水称泮水，也叫墨池。所以古代凡科举考试中秀才者称进学，雅称"入泮"。

右边院墙下排列着明代"重建孔庙碑"，明代"建宁府重修府学碑"，明代"建宁郡历代进士题名碑"等一组石碑。字迹斑驳的碑文，记录着建瓯历代兴修孔庙府学的经过，以及科举教育的成果。

穿过朝门，两侧各有40米长廊，原称"两庑"。它们既是供奉孔子弟子"七十二贤"之处，也是府学考试之处。两庑间

一片宽大的空坪，北端为拜台，是祭拜孔子，歌舞行礼的地方。台上则是宏伟的大成殿，为九脊檐歇山式建筑。殿内高 17 米，门阔 31.4 米，进深 22.9 米，建筑占地 750.46 平方米。有楠木大柱 36 根，结构严谨，重檐飞翘，斗拱交错，雕梁画栋，黄莹飞瓦，金碧辉煌。藻井枋檩饰以云龙、凤凰、麒麟、狮、象等图案，祥云缭绕，群龙竞飞，团凤起舞，四兽奔驰，重彩描金，熠耀辉映，景致十分壮观。殿内梁架上布满各种精美"苏式"彩画，内容多出于神话传说，历史演义，人物生动，线条流畅，色彩艳丽，为福建省现存古建筑中之罕见。

殿堂正中上方，挂

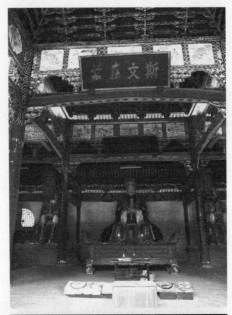

着两幅大牌匾，一书"万世师表"、一书"斯文在兹"。下面即是大成至圣先师孔老夫子的高大彩塑，左右两旁分别是四大弟子：复圣颜回、述圣孔及、宗圣曾参、亚圣孟轲。大成殿右后方，有一幅明代孔子画像碑，碑高 1.85 米，宽 0.87 米，厚 0.13 米。全碑画面清晰，唯右上角断裂，左上角稍有断缺。碑为明代浙江黄严符刻，孔子像为唐代画圣吴道子所画布衣孔子像。吴道子是唐朝杰出画家，世人誉为"百代画圣"，擅画佛教、道教人物及神鬼和龙等。其创作的人物画线条道劲雄放，衣着宽松，飘逸潇洒，称为"吴带当风"。这幅孔子画像是他的一幅代表作，至今各地的孔子像一般都沿用吴道子这幅画的版本。但是如此高大，保存如此完好的孔子像碑，在国内也极罕见。

大成殿内还陈列着一些建瓯出土文物。穿孔的石斧、石戈、石刀，彩色印纹硬陶片，商周时代的青铜宝剑、甬钟，西汉的陶器，南朝的青釉器皿、碗、灯、灶具，宋代的黑釉兔毫盏，清代的陶瓷器，构成了一个完整的历史系列。在这些无声的文物和孔子像前，人们仿佛看到孔子坐在简陋的马车上四处奔波"有教无类"的情景，仿佛看到了越王勾践的后代子孙携妻带儿，带着巨大的西周甬钟，翻越仙霞岭，"据闽自王"的情景；仿佛看到"五胡乱中原"之后，八大姓"衣冠南渡"，携老带幼，连同碗灶家具，移居建州的情景；仿佛看到宋代的皇室贵族，举着"建盏"，品味"龙凤团茶"的情景……逝去的岁月不会再现，然而，先圣孔子留下的思想和人格，却永远流淌在华夏子孙的血液中。

风雨廊桥：先民遗留的文化瑰宝

南 洋

一位哲人说过："一个民族若没有自己的文化，容易在历史进程中迷失方向。一个地方倘寻不到文化的渊源，如何在时代潮流中自我定位？"一年多来，我留意于政和廊桥的探访，感悟于廊桥的深厚文化。

在政和，目前比较完整地保存有洞宫花桥、后山廊桥、洋后廊桥、赤溪廊桥、杨源廊桥等，大大小小有近40座，最独特、最珍贵的木拱廊桥有15座。政和廊桥大部分分布在东部与寿宁、庆元接壤的杨源、镇前、澄源、外屯、岭腰几个高山区乡镇，

平原鲜有见到。

说到廊桥，人们自然就会想起北宋名画《清明上河图》中所绘横跨汴水两岸的那座虹桥来。汴水虹桥与河北赵县的安济桥（赵州桥）、泉州的万安桥、潮州梅县的广济桥并称为中国四大古桥，其他3座桥梁至今仍保存于世，而汴水虹桥却只留在了画中。据说后来这种造桥技术失传，这种木桥也神秘地消失了。20世纪70年代末，著名桥梁专家茅以升主持编写《中国古桥技术史》，专家们在考察中发现北宋时期盛行于中原的虹桥技术在闽浙大地重现，这无异于在闽浙大地上发掘出了一座中国古代科学技术史的"侏罗纪公园"，尘封了900多年的虹桥结构重见天日。

政和廊桥主要有木拱廊桥、石拱廊桥和木伸臂廊桥3类，其中以木拱廊桥最为珍贵。政和木拱廊桥代表有岭腰后山廊桥、外屯洋后廊桥、澄源赤溪廊桥、大梨溪廊桥等，这些廊桥建造工艺极其精湛，在桥体上根本找不到一枚铁钉，但是任你东南西北风，我自岿然不动。

政和石拱廊桥以杨源花桥最为突出，它是一座集建筑、书画于一体的艺术宝殿，数百年来，巍然屹立于崇山峻岭之中，向人们展示着独特的风采。

走在政和的村村落落，只要你留意乡村的风景，几乎都能

在村口看见一座也许有些简陋的廊桥向你招手。这些廊桥建筑规模不大，一根木头横架在溪流之上，盖上桥廊，这就是木伸臂廊桥。政和木伸臂廊桥数量最多，但规模都很小，其中锦屏村尾状元树旁的廊桥就是一座很漂亮的木伸臂廊桥。

"丹霞相对崛，幽涧小桥多。"政和廊桥有一个重要的特色在于桥与庙的紧密结合，使廊桥承载了更深厚的文化。在政和的每一座廊桥中，基本上都设有神龛供乡民祭祀。神龛多设在廊屋中间，有的在桥头独立建庙。比如正德六年（1511）陈桓进士及第时建造、距今有近 600 年历史的坂头花桥的长廊上就设有 9 个神龛，正中主神龛是观音大士，然后左边是魏虞真仙，右边许马将军，左右依次是林公天王、福德正神、真武大帝、天王菩萨，桥北头神龛是通天圣母。桥南头神龛为"陈桓、陈文礼二公"，这是后代对先祖功德的纪念。

廊桥是祭祀的理想场所，桥屋中祭祀的对象很广泛，有佛教人物，如观世音菩萨，还有一些是在当地有影响的人物，比如花桥陈桓、陈文礼二公等。每年的正月、五月是祭祀最隆重的时候，平常的初一、十五和佛祖、菩萨生诞等宗教节日，村里的老人都会到桥上念经烧香，可以说每座廊桥一年365天，都是香火不断。

廊桥就像一部古老的书，当你面对日渐老去的廊桥时，你能从廊桥苍老的面容上读出许多的内容。你能从桥下流动的溪河里，读出山民们过河跨溪时的艰辛；从廊桥伸出的屋檐上，读出山乡里的风雨岁月；从悬空的桥跨上，读出山溪里暴发的山洪；你能从廊屋柱子的对联上，读出时代的变迁；从桥边竖立的石碑上，读出廊桥的几毁几建，读出众多捐款人的心境和情绪；从桥栏边还保留体温的坐板上，读出那穿透所有平常日子的桑麻稻谷，家长里短，也读出动荡岁月的兵荒匪患与天灾人祸。廊桥承载了太多的东西，一个家族，一个村落，一个地区，直至一个国家。而廊桥它又太简单太普通，只用山上木材就可架设而成，但就是这种简单的架构，就已让人永远读不完。廊桥是永远不会消失的，它代表着一种文化，一种乡土情感，它是融汇了民族智慧的载体，这些是永恒的。

千年古镇将口

谢道华

出建阳市区往北沿南武路行约 17 公里，便到了将口这座具有千年历史的古老村镇。

将口坐落在崇阳溪畔，村镇沿河而筑，建筑高低有致，村子背山面水，环境清幽。文物考古资料表明，至迟在二三千年前的青铜器时代，这里就有人类居住和生活。分布在镇西侧的牛山、龟山遗址遗物面积都达数万平方米，采集到大量的石器、陶器标本，其中包括斧、凿、锛、镞及鼎、罐、豆、鬲等。汉初，闽北为闽越王辖地，将口境内发现的平山、邵口垱遗址内涵丰富，且具有典型的闽越文化特色，两遗址与武夷山城村汉城遗址相距仅 10 多千米，文化特征一致。进入唐代，由于受中原先进文化的影响，闽北经济逐步繁荣，至宋而鼎盛。分布在将口镇北约 1000 米的将口唐窑遗址面积数千平方米，制瓷历史长达半个多世纪，其生产的青瓷釉色莹润，颇有"千峰翠色"之感，代表了闽北唐代制瓷业的水平。

将口水陆交通便利，自古为闽北重镇，商贾云集，屋宇毗邻。现存古建筑大多为清代所建，多属南方类型的四合院，便于聚族而居。儒家"天人合一"的审美理想，从宅院建筑的"堂"上就能看到，将口民居的"堂"大都位于四合院建筑中轴线的重要位置上，堂前是一天井，上对苍天，组成了完整的天地象征。

"堂"是一个家庭叩拜天地、祖宗的地点，是举行盛事之所。堂的尊位上常供有类似"天地君亲师"的牌位。"天人合一"的审美思想在这里表现得淋漓尽致。建筑结构既有土木结构，也有砖木结构。建筑排列中常见的民居形式有几组并列的两进或三进，两侧为厢房。每个院落之间有风火墙相隔，但在每一组风火墙之间都留有通道，以便随时问候老人，也便于亲人互相来往，当地人取名"孝道"。风火墙多为五岳朝天式，高达四五米，甚至五六米。

远古的人类最先感知的是天上的日月星辰、地上的山水物种以及水中自己的映像和同类亲属，这就决定人类文化最早的内容只能是天、地、人。在本能的主导下，人类追求安全、健康、长寿、富足和子嗣昌盛，由此企望富足、平安的吉祥文化在古民居建筑装饰中频繁地出现，将口古民居建筑装饰中"有图必有意，有意必吉祥"的风格表现得较为鲜明。门楼多有精美砖雕图案配饰，内容既有瑞兽祥禽，也有奇花异草，且大量使用谐音、寓喻、象征等手法，如以蝙蝠谐音"福"，以鹿寓喻"禄"，又有石榴暗喻多子、松鹤暗喻长寿等等。房屋内侧有精致的花窗、格扇等，并配以人物、花草木雕等。柱础以石质为主，以莲花瓣纹居多。民居建筑中的粉墙黛瓦、门的尺寸、三维空间设计、油漆的颜色等等都隐含道家的阴阳五行哲学。保存较好且较具特色的建筑有清同治二年（1863）重修的张横渠（张载，宋代著名学者）家祠，传说为明代首科状元丁显所居的状元府以及王家祠堂等。将口这座千年古镇的历史风貌正在逐步为人们所重新认识。

三千年前越式剑

寅龙　发浦

　　也许是一种巧合，也许是一种必然，浦南高速公路建设，把古闽越族人的生活推到了人们眼前。

　　小心翼翼拂去历史的尘埃。通过抢救性发掘，一批青铜器时代的文化遗址和一批重要的随葬品，在浦城的地表中沉睡了几千年之后，开始显山露水，揭开了它神秘的面纱。其中，在仙阳大王墣山山顶进行钻探发掘出来的周代大型石室土墩墓、在临江锦城发掘出来的青玉玉璧和在仙阳管九村社公岗古墓葬群中发掘出来的青铜器最为珍贵，考古价值最高，堪称国宝。

其中，管九村的青铜剑被专家们誉为"福建第一剑"，随后又被有的专家称为"越式剑"。2007年，在中国博物院和福建省博物院举办的国家精品特展上，它与甲骨文、四羊方尊、金缕玉衣、兵马俑、滇王印，还有三星堆的突目铜面具等被同列为考古发现中的瑰宝。

该剑全长35厘米，剑柄两边各有个小耳，剑身及剑柄处雕刻有精致的云纹、云雷纹、曲尺纹等，采用"失蜡法"铸造，其中镂空、透雕的工艺十分精湛。虽然在地下埋藏了三千多年，剑刃仍然非常锋利，展现了当时先进的工艺技术，也反映出当时的生产力水平和先人的智慧。

寒光闪闪的青铜宝剑，驳斥了司马迁在史书中对闽越族人称"夷"说"蛮"的不实之辞。

我们如果把此剑命名为"越式剑"，联想一定更多：勾践卧薪尝胆，报仇雪恨；荆轲刺秦王，图穷而匕首见；项庄舞剑鸿门宴，沛公高唱《大风歌》，还有那干将莫邪铸剑的故事，惊心动魄……不知这把管九青铜剑与这些传奇故事有些什么联系？但那些条纹码，那些图案，让我们看到了自己生命的密码和人类延续的奥秘。剑，不仅是物质的，而且是精神的。福建第一剑，要告诉我们的应当是很多很多。

江淹（444-505），曾任吴兴（今浦城）令，他在《铜剑赞》中载："昔余为吴兴令，凿池又获铜箭镝数十枚，时有人复于彼山中伐木，得铜斧一口。古铜铸为兵，岂为一据？备示言其祥，以发子之蒙矣。"

南平文化积淀深厚，被誉为"闽邦邹鲁"和"道南理窟"。这里人杰地灵，历史上人才辈出，曾出现过两千多位进士和十七位宰相，特别是朱熹在闽北"琴书五十载"，使后人有"东周出孔丘，南宋有朱熹，中国古文化，泰山与武夷"之说。

朱熹、李纲、真德秀、游酢、柳永……由这些人写成的南平文化值得一再品读。朝圣先贤，是对历史的追问，也是对自我的提升。

拜访古代先贤

南平市清代进士名录

姓名	籍贯	科举时间	姓名	籍贯	科举时间	姓名	籍贯	科举时间
黄机	邵武	顺治四年	林鸿	浦城	乾隆四年	肖元桂	建阳	嘉庆十三年
吴璞	南平	顺治九年	叶之舟	邵武	乾隆十年	杨兆璜	邵武	嘉庆十四年
张寅恭 郑重 谢铨	建瓯	顺治十五年	衷炳修	武夷山	乾隆十三年	梅树德	邵武	嘉庆十六年
李馨	建阳	顺治十五年	杨有关	南平	乾隆十六年	蓝瑛	武夷山	嘉庆十九年
冯可参	邵武	顺治十八年	郑天锦	建瓯	乾隆十七年	杨鹤书	建瓯	嘉庆十九年
谢相	建瓯	顺治十八年	谢纯钦	南平	乾隆十九年	龚文炳	光泽	嘉庆十九年
何儒显 张翼飞	顺昌	顺治十八年	罗均	邵武	乾隆二十五年	龚联奎	南平	嘉庆二十四年
黄彦博	邵武	康熙三年	官志涵	南平	乾隆二十六年	龚文焕	光泽	嘉庆二十四年
张凝篆	建瓯	康熙六年	危履亨	南平	乾隆二十八年	龚文辉	光泽	嘉庆二十五年
吴震	邵武	康熙十二年	王道隆	浦城	乾隆四十年	饶谦	光泽	道光三年
黄宫柱	南平	康熙二十一年	黄利通	邵武	乾隆四十三年	张晃	邵武	道光六年
方日逊	建瓯	康熙二十一年	祖之望	浦城	乾隆四十三年	黄文煊	建瓯	道光十二年
陈星奎	建阳	康熙二十四年	张金铭 冯文涛	建瓯	乾隆四十五年	陈禹昌 黄师度	光泽	道光十二年
潘锦	武夷山	康熙二十七年	刘炘	浦城	乾隆四十九年			
郑晃	浦城	康熙三十三年	林挺然	建瓯	乾隆五十二年	孙玉麒	浦城	道光十五年
余祖训	南平	康熙四十五年	朱秉鉴	浦城	乾隆五十二年	上官懋本	光泽	道光十五年
李敏	建瓯	康熙四十五年	陈存远	南平	乾隆五十八年	何秋涛	光泽	道光二十四年
郑方坤	建瓯	雍正元年	孙承谋	浦城	乾隆五十八年	张文澜	浦城	咸丰六年
黄炅	邵武	雍正八年	应丹诏	南平	乾隆六十年	万培英	武夷山	咸丰六年
郑方城	建瓯	雍正十一年	万世美	建瓯	嘉庆六年	朱紫佩	建瓯	同治十三年
金四德	武夷山	乾隆元年	达麟	浦城	嘉庆六年	傅嘉年	建瓯	光绪元年
钱王臣	松溪	乾隆二年	魏德琬 龚正调	邵武	嘉庆七年	郑元桢	南平	光绪三十年

一代大儒朱熹

张建光

　　八百多年前的一天，十四岁朱熹跟着母亲一路蹒跚来到武夷山，按照父亲临终所嘱投靠父亲生前的好友。从这以后朱熹除了"仕宦九载，立朝四十六天"外，有半个世纪的时间在武夷山中度过。

　　朱熹承前启后，把儒学上升到理论化的世界观形态，开创了新儒学，从而将当时的武夷山儒学推向执全国学术之牛耳的地位；因此"宇宙间三十六名山，地未有如武夷之胜；孔孟后千五百余载，道未有如文公之尊"，宋明清三朝皇帝屡次册封，配祀孔庙"十哲"行列，谥为"文公"，《四书集注》列为国学，取士之制。康熙大帝亲自为其著作作序，称朱熹"集大成而绪千百年绝传之学，开愚蒙而立亿万世一定之规"。他的学说致广大、尽精微，综罗百代，成为中国传统文化的主流、南宋以来中国时代精神的表征。著名史学家蔡尚思教授说："在中国文化史、传统思想史、教育史和礼教史上，影响最大的，前推孔子，后推朱熹。"朱子给后人留下了巨大评判、研究的空间。能不能这样说，不解朱子理学，难识中国文化面目，更无法破译武夷山水人文？

　　朱熹画像最惹人注目的是那脸上右眼角的七颗黑痣，七颗排列成北斗七星的黑痣。《朱文公年谱事实》载："文公右侧有七黑子，如列星，时并称异。"朱熹生前的自画像石刻也明白无误地标明这点。世人们对此议论很多。传说，朱熹出生前三天，远在千里的婺源南街朱氏故宅的古井中紫气如虹，预兆"紫阳先生"将喷薄出世。还有人考证，孔子当年诞生时，身上也有昴星、北斗星的黑痣。所以朱熹是三代下的孔子。不管是相学之士穿凿附会也好，还是后世弟子的有意奉承，朱熹一生于求索真理，认识世界，确实无愧于"文曲星"之称。朱熹留与后人评说的文字，在文集方面共有一百零四卷，在著述方面共二百多卷，在言论问答方面有一百四十卷，真可谓著作等身，思想深邃。朱子认识论可以归结为"格物致知"四字。"格，至也，物，犹事也。穷至事物之理，欲共极处无不到也。"撇开其客观唯心主义的本质，与我们常说的实践观十分相似。通过接触事物，由此得彼，由表得里，由粗到精，由"零细"上升到"全体"，由"现象"深入到"本质"，循序渐进，"用力之久一旦豁然贯通"，便能穷尽事物中的"天理"。朱熹本人身体力行"格物致知"，上至天文地理，下到飞鸟走兽，无一不被他"格"过。他曾自制浑天仪，观测星象，提出了"天地初间，只是阴阳之气。这一个气运行，磨来磨去，磨得急了，便拶许多渣滓。里面无处出，便结成个地在中央。气之清者，便为天，为日月、为星辰，只在外，常周环运转。地便只在中央，不动，不是在下"这一东方古典星云说。他发现了雪花六边形的事实，比西方天文学家开普勒早上四五百年。朱熹对周易研究的成果，特别是那张阴阳回互相抱的古太极图，极大地影响了莱布尼茨和波尔，引发了现代物理大师的创造发明的灵感。波尔公开宣称，他的量子理论的互补概念同东方古典文化的太极阴阳思想有惊人的一致。当他必须选择一种标志来象征他的物理原理时，他毫不犹豫地选中了中华太极阴阳回互相抱的图形，并在上面刻下了一行铭文："对立即互补。"莱布尼茨则受此启发发明了二进位制，于是有了电子计算机。可能很多人不知道，现代电脑键盘敲打的声音中有属于朱熹的部分。《中国科学技术史》作者李约瑟说："也许，这种最现代的欧洲自然科学的理论基础，受到庄周、周敦颐和朱熹这类人物的恩惠，比世界上现在已经认识到的要多得多。"美国 R·A·尤里达教授讲得更为直接："现今科学大厦不是西方的独有成果和财富，其中也有老子、邹衍、沈括和朱熹的功劳。"朱熹额上格物穷理的七星之光与西方近代实证科学精神竟有如此神交，现代人也为之瞠目结舌。

朱熹理学以天体为本体，动静无端和理一分殊为并证思维，格物穷理则是认识论，但它们都与道德政治一体化，所体现的文化精神是伦理理性。朱子理学没有更多的向自然迈进，而被后代统治者作为治国方略加以实施，成为泛道德的命题。统治者高挂"存天理、灭人欲"旗帜，推出了"三纲五常"。朱熹成了不食人间烟火、没有七情六欲的圣人偶像。让我们克服情感上好恶，先读读他的诗词。台湾学者钱穆曾感慨地说："朱子倘不入道学儒林，亦当在文苑传中占一席地，大贤能事，固是无所不用其极也。"朱熹咏梅，把早梅比作佳人，自况多情刘郎，"巡檐说尽心期事，肯醉佳人锦瑟傍"。相信有了梅花仙子相依，"人间何处有冰霜"。他描海棠，"春草池塘绿，忽惊花屿红"。他状秀水，"问渠哪得清如许，为有源头活水来"。他写春日，"等闲识得东风面，万紫千红总是春"。童心大发时，"书册埋头无日了，不如抛却去寻春"。兴之所至日，也曾"酒笑红裙醉，诗惭杂佩酬"。这样清丽活泼的词句，高蹈出世的意境，能出自"道长"、"神父"和"冬烘先生"的笔下吗？至于那脍炙人口的十首"九曲棹歌"，早已成为武夷山水的最佳导游词。

我们再看看他的仕途所为与民本思想。朱子为官之日不多，突出的政绩是修理荒政。在他成长的故里武夷山下五夫镇，发生百年未见的水灾，他出面请求建州知府借用官粟六百担，又亲自动员富户和米商平粜应急。善于思考的他认为要从根本解决救灾问题，当设社仓。青黄不接时，将社仓之粮借给农民，收成时连本带息收回，遇灾之年则以轻息或免息支持灾民，这样就可以免除灾民饥饿。如今五夫社仓砖雕匾额仍然安在，他亲自撰写的《建州崇安县五夫社仓记》还是那样暖人心房。任职提举浙东茶盐公事时，恰逢天灾，他一方面赈粜救灾，一方面呼吁朝廷减免赋税。他对危害灾民的贪官唐仲友怒不可遏，不顾其与宰相姻亲的关系，连上六篇弹劾状书，最后自己落得个辞官返回武夷。他把官府催收赋税喻作"椎凿"，"催科处处急，椎凿年年侵"；水灾连天，他"仰诉天公雨太多，才方欲住又滂沱。九关虎豹还知否，烂尽田中白死苗"；福州西湖观赏荷花，湖光山色才上心头，那边却"酬唱不夸风物好，一心忧国愿年丰"；真个民间疾苦一枝一叶总关情。

我们还可以看看他的为人交友之道。朱熹一生，举凡士子儒生、骚人墨客、羽士释子、三教九流、巫医百工、田夫野老都有他的朋友，不少与他情投意深。"野人载酒来，农咳日西夕。"朱熹为山路崎岖，老农来往不便过意不去，一再叮咛"归去莫频来，林深山路黑"。朱熹至交更多的是贤士文友。作为理学同仁志同道合自不必说，但他对于水火不相容的论敌，仍能秉有宽客仁厚之心，实属难能可贵。著名的"鹅湖论辩"是场主客观唯心主义的争论，唇枪舌剑，你来我往，但朱熹返回武夷山途经汾水关时，笑声朗朗地吟出："地势无南北，水流有西东。欲识分时异，应知合处同。"任职浙东时他官居五品，理学永康学派的陈亮仅为布衣，找上门来围绕"王霸义利"一下便理论十天。随后又以书信形式进行长达十一年的论辩，后人可以从双方书信中发现不乏刻薄的反唇相讥的词句，但相互问安祝福又处处可见。朱熹建成武夷精舍后，还濡墨致函邀请陈亮前来："承许见故，若得遂从容此山之间，款听奇伟惊人之论，亦平生快事也。"更让后人传为佳话的是朱熹与陆游、辛弃疾之间的友

谊。三人都富有爱国之心，坚持抗金主张，胸藏济世致用之才，先后又都任过武夷山下冲佑观提举。他们平时相互唱酬，砥砺志向，嘘寒问暖。陆游被贬回绍兴之时，同在病中的朱熹托人千里赠送武夷纸被，陆游为此赋诗两首，诗云："纸被围身度雪天，白干狐腋软如锦。"辛弃疾认识朱熹后便记住了他的生日，虽然远在他乡，还特为朱熹寄来寿诗一首。朱熹去世时，垂垂老矣的陆游，用颤抖的双手写下悲痛的祭文："某有捐百身起九原之心，有倾长河注东海之泪，路修齿髦，神往形留。公殁不亡，尚其来享。"辛弃疾作词一首亲往吊唁，哭之曰："所不朽者，垂百世名。孰谓生死，凛凛犹生。"朱熹对自然、对百姓、对朋友的亲情由此可知一二。不知是为了论证他的学识需要，还是早知后人可能误会，朱熹对"存天理灭人欲"早有解释："欲富贵而恶贫贱人之常情，君子小人未尝不同。"他以极为平常的穿衣吃饭现象为例说明天理人欲："如夏葛冬裘，汤饮饥食，此理所当然。才是葛必欲精细，食必求饱美，这便是欲。"超过实际过分追求才是不正当的人欲。他认为天理人欲是根本对立的，当天理和人欲发生矛盾之时，应当灭掉作为恶的人欲，复归到"本然之善"的天理。从理欲之辩的初衷和联系朱熹限君民本的言行，他的这一主张更主要是为了规谏统治者，针对达官显贵。相当于现今对领导干部廉洁自律的要求。能说这没有必要吗？有人说过朱熹对儒学发展的贡献，有如康德之于西方哲学。于是你我都会想起康德那句著名的话："位我上者灿烂星空，道德律令在我心中"。

　　检点朱熹生前生后事，沉重胜于轻松。朱熹一生悲哀多于欢乐，幼年失父，中年丧偶，幼女夭折，胞妹早逝，晚年去子，生活贫困到经常要告贷地步。有陆游的诗为证："闻说平生辅汉卿，武夷山下啜残羹。"朱熹忧时伤世，抱负远大，满腹经纶，非常希望将他的理论付诸实践，一生中最大的机遇要算入朝担任宁宗的侍讲官。他想借经筵这块阵地，向独断专行的君主灌输自己的"帝王之学"，通过匡正君德来限制君权的滥用。他滔滔不绝，四十余天连讲七次，宋宁宗装作从善如流的样子，朱熹高兴地认为"天下有望"。天真的朱熹不知皇帝接受批评是有限度的，当动摇到统治者根基时，就顾不上一切了。一纸内批逐出经筵国门，满腔热血顿时化为冰霜。虽然朱熹遵师训，自号晦翁，给自己立下"不远复"的座右铭，时刻注意道德修养，但他仍不能避免"党锢之祸"，反道学家们的迫害直到他出仕致死，朱熹最后是在没有看到理学光复的希望中离开人世的，他死时定然没有瞑目。朱熹的悲哀还不仅在于身世浮沉、命运多舛，更在于中华文化的巨大矛盾集于理学一身。朱熹理学从本质上看应是人本主义的，他从客观走向主观，高扬人的个性旗帜，呼吁人性异化的复归，但它仅仅停留在道德的层次上。这样就包含了两种相反的价值走向：一种是通向人格独立、天赋人权资产阶级的民主启蒙，一种是通向三纲五常、忠孝仁义的封建专制。他的学说充满着思考的精神，符合人们的认识过程，但整个理学大厦却建立在客观唯心主义的基础上。他以修养为本位，而不以认知为本位，道德的绝对化走向朱熹善良愿望的反面；他以社会为本位，而不以个人为本位，人性的复归不具有社会实践和自由民主的平等内容；他以政治为本位，而不以经济为本位，把社会和国家的希望寄托在君主宰相的身上；他以价值为本位，而不以真理为本位，他更看重自己的价值判断代替真理，所以他的思想体系还不能称为科学，加上历代统治者对朱熹理学的改造更是扼杀了前者，强化了后者，给中国的历史发展带来了巨大的不幸。但是即便如此，朱熹理学的光芒也还是辉耀历史星空的。孙中山先生怎样看待朱熹理学？他说："中国有一段最有系统的政治哲学，在外国的大政治家还没有见到，还没有说到那样清楚的，就是《大学》中所说'格物、致知、诚意、正心、修身、齐家、治国、平天下'，把一个人从内发扬到外，由一个人内部做起，推到平天下止，像这样精微发展的理论，无论外国什么政治学家都没有见到，都没有说出，这就是我们政治哲学知识中的独有宝贵，是应该要保存的。"毛泽东同志又是如何看待呢？他曾对张治中将军说，应该好好读读朱熹晚年编注的《楚辞集注》，这是本好书。当年田中角荣访华时，毛泽东把这本书当成国宝赠送给他。

一代名相李纲

古 道

在武夷山南麓七十多公里处，有一座秀丽的山城——邵武。这座历史古城曾经涌现出中华民族的许多风流人物——黄峭、李纲、严羽等。其中，被宋代大哲学家朱熹称为"一世伟人"的李纲，是著名的宋代抗金英雄。

李纲，字伯纪，邵武庆亲里李家湾人，也就是现在的水北镇一都村人。北宋元丰六年（1083）生。他十四岁随父戍边延安，登城御敌。北宋政和三年（1113）中进士，任太常少卿。这一年京师水灾，李纲上书朝廷，建议皇上改革弊政，体恤民间疾苦，警惕外患。但是，由于李纲的陈奏触犯了当朝权贵，

拜访古代先贤

被贬谪到沙县住税监。

李纲留给后人以启迪的是李纲的"道"。用他劝告宋高宗时所说的话，就是人要"以宗社为心，以生灵为意，以二圣未还为念"，这是他一生思想的精粹所在。宗社，即宗庙、社稷，也就是现在讲的国家；生灵，即苍生百姓，大众万民。李纲认为服务国家、爱护百姓，是两样神圣的事业。正因为李纲有这种爱国忧民的精神，千百年来，他得到人们景仰。

北宋宣和七年（1125），金兵大举南侵，进逼汴京（今开封），李纲复任太常少卿，坚决主战。他针对当时的危急形势，不顾个人安危，刺臂上书，直言奏请宋徽宗禅让。北宋靖康元年（1126）年初，金军兵临城下，朝廷内部投降派和主战派斗争激烈：宋钦宗与李邦彦、张邦昌等投降派准备弃城逃跑，李纲则力阻宋钦宗出逃。他临危受命，以尚书右丞相身份主持京城防守，率领京城军民奋勇抗战。击退金兵，胜利地

保卫了京城。这就是历史上著名的"东京保卫战"。

李纲在东京保卫战后，又遭投降派谗害，贬谪岳阳。

见李纲被贬，金人又乘机围攻汴京，宋钦宗又急召李纲入京。但为时已晚，汴京已经失陷了。宋徽宗、宋钦宗父子被掳，史称"靖康之耻"。北宋灭亡了，康王赵构即位为高宗，史称"南宋"。宋高宗迫于形势和朝野内外的压力，起用李纲为相。李纲提出了治国整军的十大纲领。他严惩国贼张邦昌等人，荐用宗泽、张所、傅亮、朝世亮等抗金将领，联络中原各地义军，整顿朝纲，积蓄力量，收复失地。

李纲决心收复中原，不仅遭到投降派黄潜善、汪伯彦等人的陷害，也触动了宋高宗赵构的心事。结果，李纲居相位仅七十五天即被罢免。第二年，李纲被贬谪到万安军（今海南岛）。他的一系列抗金方略都被投降派废除了。朝中的主战派也相继遭到贬谪。此后，李纲先后被贬到湖南、湖北、江西、福建等地。

李纲虽然身居于野，但心存于朝；仍屡屡上书，出谋献策。可惜君王昏庸，奸臣当道，对李纲的意见不予采纳。他的宏才伟略、良策鸿猷始终不能得到施展。他收复失地、重建河山的抱负也未能实现。

李纲著作很多，传于后世的有《梁溪集》，共计一百八十卷。

南宋绍兴十年（1140），李纲在福州抱憾而逝，葬于闽侯县荆溪大嘉山，享年，五十八岁。

李纲去世后，被追封为"忠定公"，可谓名副其实。虑国忘家，曰忠；安民大计，曰定。李纲正是如此。朱熹称赞他是"孤忠伟节"。在朱熹的倡导下，邵武人民将李纲少年读书处"五曲精庐"，改为"李忠定公祠"。

李纲刚正不阿，直言敢谏，奋起于国家危亡之时，肩负天下生民主望，公忠亮节，鞠躬尽瘁。他的爱国精神光照千秋，万古传诵。

贤臣大儒真德秀

陈翔　甘跃华

真德秀，字景元，更字希元，号西山，浦城县长乐里（今
仙阳镇）人。生于宋淳熙五年（1178），四岁授书，十五岁时父
亲去世，家境陷于困窘。他勤奋好学、刻苦攻读。至今，家乡
还流传着他当年"追月苦读"的故事。说的是父亲去世后，真
德秀与母亲相依为命，拮据度日，夜晚读书经常连灯油都用不
上。于是，月明星稀的晚上，他便捧着书本借月读书。月儿一
出，他坐在屋内的窗下读；月儿西斜了，他爬上屋顶读。宋庆
元五年（1197），真德秀
考中进士，授南剑州判官。
他一生任太学正、江东转
运副使，礼部侍郎、户部
尚书、参知政事、资政殿
学士等近二十种官职，知
泉州、隆兴、潭州、福州，
宋端平二年（1231）五月
十日病逝，终年五十八岁。
该年八月，敕葬浦城孝悌
里株林山（今属莲塘乡岩
处村）。真德秀为官以刚

正不阿、廉洁奉公、勇于直言、勤于吏治而蜚声当世。《宋史·真德秀传》载："……立朝不满十年，奏疏无虑数十万言，皆切当事要务，直声震朝廷……宦游所至，惠政深洽。"这个评价毫不过分。他奏章南宋朝廷应施仁政、结民心，指出"立国不以力胜仁，理财不以利伤义，御民不以权易信，用人不以才胜德"（《西山先生真文忠公文集》卷三）。理宗当政时，召真德秀为户部尚书，他恳切进言，指出好酒色、贪游乐会损害威信。史弥远擅政时，真德秀坚决不肯与其同流合污，结果遭受排挤打击。

真德秀曾以"律己以严"、"抚民以仁"、"存心以公"、"莅事以勤"四条与僚属共勉。他说，贪污便是大恶，"不廉之人，纵有他美，何足道哉"（《宋史·地理志》卷十七）。而真德秀亦堪为廉洁的典范。古语云：一任清知府，十万雪花银。可他为官那么多年，家乡故居还是寻常旧宅，并不豪华气派。

学易斋联

[宋]真德秀

坐看吴粤两山秀

默契羲文千古心

此联为真德秀在县城故居学易斋的书斋联，为我国书斋第一联。

真德秀任江东转运副使时，正值蝗灾、旱灾侵袭。他风尘仆仆，遍访父老，还自守灾情最重的广德、太平，并开粮仓赈救，甚至连母亲的金银手饰也全拿出来赈灾。他还严惩贪污渎职的官吏，褒奖政绩显著的知县。真德秀知泉州时，更显其才德。泉州港是宋代名港，当时由于风气败坏，官吏层层敲诈勒索，外贸大为衰落。真德秀到任后，采取了"整饬吏治"、"发展生产"、"崇尚风教"、"安固海疆"等措施，革前弊、禁重症，深得外商

信任，外籍船由原来每年的三四艘增至三十六艘。乃至于宋绍定五年（1232）他再知泉州时，欢迎他的人挤满了道路，连百岁老人也手拄拐杖加入欢迎的行列。

真德秀始终坚持民族气节，多次提醒理宗："宗社之耻不可忘。"嘉定七年（1214），金遣使索求岁币，他上疏数千言，力主不给，皇帝准奏，停付岁币。

真德秀不仅是一代贤臣，更是一代大儒。他一生著述颇丰，如《大学衍义》、《四书集编》、《读书记》、《文章正宗》、《心经》等。其中影响最大的当推《大学衍义》。该书费时十年才撰成，书旨在于正君心、肃官闱、抑权幸。理宗说：《衍义》一书备君人之轨焉。"（《乐善堂全集》）清乾隆二年（1737）御制《〈大学衍义〉跋》写道："西山之学……所谓集群书之大成，而标入道之程式也，近自修身远及治国，引古证今。"（《乐善堂全集》）而真德秀对于理学的最大贡献，是确立了理学的正宗地位，以至影响以后学术思想的发展达五六百年之久。

《辞海》对真德秀评价颇高："真德秀，南宋大臣、学者。……学术继承朱熹，与魏了翁齐名。他见金有必亡之势，曾上书请停岁币，加强军备，兴淮南屯田，强兵足食，以谋自强。"史书上也说，真德秀"宦游所至，惠政深洽"，向为后人所敬仰。

游酢之雪

张建光

雪落在北方的洛阳，落在 1093 年的冬天。年过四十、已登进士第的游酢携着杨时，前来拜师于理学大家程颐。先生正端坐冥思，两人在旁虔诚侍立，不敢打扰也不敢走开。及至大师功课完毕，门外积雪已一尺多深。后来便有了"程门立雪"的千古佳话。

这是一场师道尊严的文明之雪。游酢、杨时用行动诠释了中国"天地君亲师"观念，图解了"一日为师，终身为父"的古话，向社会昭示了教育神圣、师道如山，以至后来人们说起教师是太阳底下最让人羡慕的职业，教师是人类灵魂工程师时，眼前

都会出现他们的身影。

这是一场中国文化的分界之雪。那场雪肥沃滋润了南方，由此中国文化重心由北向南转移，二程期盼的"吾道南矣"成为现实，三传之后的朱熹集理学之大成，开创了"闽学"，把儒学发展为新儒学，从此领导中国文化主流，渗入国人精髓和血液，影响中国乃至东南亚的时代精神数百年。

这是一场荣耀闽北的闪光之雪。因为他们，闽北不仅在宋代成为全国文化中心，而且自豪地占领中国文化史册重要一席。中国文化排位认定最权威的形式是列入孔庙奉祀。从汉到清，全国列入奉祀的仅一百多人，福建十四人，其中闽北十人。这十位都是宋代以后入祀的，就其思想渊源而言大抵与游、杨有关。朱熹《九曲棹歌》吟道："林间有客无人识，欸乃声中万古心。"专家指出，朱子此诗是为天地立下万古之心的游酢而作。

这是一场众说纷纭的疑问之雪。不在雪下时，而在雪之后。立雪程门究竟在内还是在外？游酢有否同往，有否欲唤老师？程颐是坐着还是真正瞌睡？由此衍生诸多问题，在我看来，给纯洁之雪蒙上了说不清道不明的不白之处。

理学的发端建立者属于"二程"。老大程颢，老二程颐，两人志向一致，性格却大相径庭。老大为人"温然和平"，甚至连宋神宗皇帝也被感染。要知道理学家和皇帝素来势不两立，而大程却得到神宗口头承诺，"当为卿戒之"。有位学者投师大程门下，月余返回，逢友便说，在春风中坐了一月。"如坐春风"的成语据说源出于此。而弟弟程颐"严毅庄重"，他以布衣身份作了小皇帝的老师。授课要求很严：一是要太后"垂帘听课"，二是一改以前的做法，老师不是站着而是坐着授课，以此培养皇帝尊师重道之心。他一生严谨，晚年有学生问他，你这样谨守礼训是不是太辛苦了？程颐回答，我按礼行事每天就像踏在平地上安全，何苦之有？如果不是这样，就是每天处在危险的地方，那才叫辛苦。游酢和杨时就是奔小程而去，遭受冷遇似乎在所难免。

然而事实并非如此，一场简单的师生见面有许多的误解，一个经典的传说有不少的谬误。

首先，立雪程门是在屋内而不在屋外，至少在屋檐下而不在冰天雪地之中。描写这一典故的资料很多，最权威的有两种，一是《宋史·杨时传》，一是《二程语录》。两处文字都如本文开头所叙，全无门外立雪的表述。《辞海》的描写也是如此。门外积雪深达一尺，除了文学意境之外，主要是时间概念，类似"日上三竿"、"两柱香功夫"，别无它意。现在人们不是望文生意，认为立雪程门当然站在雪中；就是为君者赞，站立雪中好学求教，多有感染力啊，以至于游酢祠堂的壁画，也是这样描绘。如此当然美丽"冻"人，但却牺牲了真实和游、杨为人的禀性，我想游酢和杨时九泉有知，不晓得当是喜还是愁？

其次，立雪程门是双不是单，而且杨时系游酢荐领。现在

不少书籍把道统南归第一人授予杨时。程门立雪要么根本不提游酢，要么说游酢没有定力，竟想叫醒老师，对先生尊敬远不如杨时。这是天大的失误！游酢幼年天资聪颖，有神童之称，"读书一过目辄成诵"。他二十岁左右便与程颐结识。小程感叹游之聪悟，说"其资可以适道"。当时大程任扶沟教育主管，游前往学道。一番接触后，大程竟聘请游君作为教师讲学。厦大高令印教授曾考证过，游酢比杨时早九年接受二程理学。游酢为官声名在外，"惠政在民"，精明干练，连游、杨要拜的老师小程也称赞"政事亦绝人远甚"。史料表明，游酢闻道在先，深得二程赏识，理论建树和杨时在伯仲之间，而与二程感情则甚于或早于杨时。大程去世后，游酢哀痛不已，在府邸设置灵堂，哭于寝门，还亲自撰写《行状》深切悼念。正因为大程去世，八年后他才带杨时去拜小程为师，演绎了千古传名的"程门立雪"。我没有把握说故事的导演和主角是游酢，但绝不能忽略游君，更不能亵渎游君对老师生死不渝的感情。

再者，立雪程门不是小程摆谱坐大而是另有原因。有个说法，小程为人狷介，连脾气好的苏东坡也不敢与其交往。"程门立雪"的开始就预兆了结局的寒冷。此言差矣！从宋史《杨时传》和《二程集》，比较看，后者描述更为详细。游、杨站立一尺雪功夫后，先生发问："二子犹在乎，日暮矣，姑就舍。"如果说程子无视两人存在一径睡去，置两人不屑一顾，那他就不会还嘘寒问暖：天色不早了，你们先住下吧。这从文理和逻辑都说不通。从游、杨当时的身份和游酢和程了的关系看，先生不至冷漠如此。游酢与杨时同龄，当时都过不惑之年，两人都登进士第，尤其游酢还是接受二程的劝告参加考试中榜的，更重要的是两人同为理学中人和小程同志同道，当为惺惺相惜，有何理由形同陌路横眉冷对？我想原因可能出在故事所说的"瞑坐"上，"颐偶瞑坐"，"坐而瞑目"，两则史料都这样表述。为何睡而不卧、坐又闭眼呢？最近翻阅中国当代伦理学大师罗国杰先生的文章，才恍然大悟。原来理学家修身养性、悟道明理非常讲究静坐静思，甚至强调"半日读书，半日静坐"。常常静中悟道，伏案求索；时时克己反省，闭门思过。也许正当游杨拜师之时，恰遇先生打坐冥想突破的紧要关头，抑或逢程子修行功德圆满关键之际。晚年的程颐学问已到极高明处，脾气也改了许多，但作为修道治学一贯严谨的程子，怎么会停止功课，寒暄应酬以应人情世故呢？吾爱吾生，吾更爱真理！我们为尊师重教好学上进的游酢杨时表示敬仰的同时，难道不应该为这位全身心探索真理孜孜以求完善自我的正人君子鼓掌吗？

那天陪同福建省社科联的领导拜访延平南山游酢纪念馆。这幢建筑因山就势，风格独特，最奇处在于"金"字形布局。背倚翠绿山脉为"人"字头两边，而馆中两口荷花池则是"金"字两点。门左侧为狮山，右旁为象鼻山，享有"砺狮山而钟秀气，带风水而焕文光"之誉。纪念馆前身为"御史游公定夫祠"，肇建于元朝，系其九世孙游以仁的杰作。很明显建筑之意出于游酢《诲子》诗："三十年前宿草芦，五年三第世间无。门前獬豸公裳在，只恐儿孙不读书"。游酢告诫后辈，书中自有黄金屋，国家需要栋梁才。虽然游酢直系并无多少发达，虽然游君为政清廉死后无法归乡，但他的学术思想惠及中国影响世界，他治学为官的风范和教育、文学及书法的造诣，当是万中推一的楷模。可以说他真正践行了理学家所倡导的"为天地立心，为生民请命，为往圣继绝学，为万世开太平"的主张。就是这样一位中国历史上德才兼备的学者，却屡屡被人遗忘，甚至被诟言，甚至被歪曲。那场美丽纯洁的历史之雪为什么总有杂沓的脚印和污泥浊水呢？

久久伫立在游酢纪念馆门前思索，三伏天里竟感到透心寒冷和凝重，四射的阳光仿佛飘落不尽的金属雪片。思来想去归结到我们思维方式的缺陷和不足：模糊性。东方思维最大的优点和缺陷都在于此：研判微观，没有定量分析和实证手段，于是门里可以说到门外，瞑坐变为睡觉。真相实际总有它数量的规定性，数的累积当然会带来质的改变。真理哪怕多走半步也会成为谬误。片面性、一点论的看人看事，势必求全求纯，唯美的结果必然非此即彼，冰天雪地当然更好体现精神，为人严厉当然冷漠。不知道孔子也有缺点，上帝也有性格。否定性。与前者缺陷相联，容不下传统和文化的杂质，不做扬弃般的辩证否定，而是倒脏水连同孩子一块泼出，加上热衷造反的天性，没有任何崇拜和信仰。因为理学某些糟粕和理学家的历史局限乃至性格缺点，所以骂理学为"伪"，斥儒家为"丧家狗"。要知道采取虚无主义对待传统，一个国家精神将如无根的大树漂流于洪荒之中。可以肯定的是，不改变国人思维的这些硬伤，将难以实现中华民族的伟大复兴。

让我们清扫历史的灰尘，还那场历史之雪冰清玉洁的面目吧！

白衣卿相柳永

梁　衡

　　柳永是福建崇安人，他没有留下太多的生平记载，以至于我们现在也不知道他确切的生卒年月。那年到闽北去，我曾想打听一下他的家世，找一点可凭吊的实物，但一川绿风，山水寂寂，没有一点音讯。我们现在只知道他大约在三十岁时便告别家乡，到京城求功名去了。柳永像封建时代的大多数知识分子一样，总是把从政作为人生的第一目标。其实这也有一定的道理，人生一世谁不想让有限的生命发挥最大的光热？

柳永先以极大的热情投身政治，碰了钉子后没有像大多数文人那样转向山水，而是转向市井深处，扎到市民堆里，在这里成就了他的文名，成就了他在中国文学史上的地位，他是中国封建知识分子中一个仅有的类型，一个特殊的代表。

他是第一个到民间去的词作家。这种扎根坊间的创作生活一直持续了十七年，直到他终于在四十七岁那年才算通过考试，得了一个小官。歌馆妓楼是什么地方啊？是提供享乐，制造消沉，拉你堕落，教你挥霍，引人轻浮，教人浪荡的地方，任你有四海之心，摩天之志，在这里也要消魂烁骨，化作一团烂泥。但是柳永没有被化掉。他的才华在这里派上了用场。成语言：脱颖而出。锥子装在衣袋里总要露出尖来。宋仁宗嫌柳永这把锥子不好，"啪"的一声从皇宫大殿上扔到了市井底层，不想俗衣破袍仍然裹不住他闪亮的锥尖。这真应了柳永自己的那句话："才子词人，自是白衣卿相。"寒酸的衣服裹着闪光的才华。有才还得有志，多少人进了红粉堆里也就把才沤了粪。也许我们可以责备柳永没有大志，同为词人不像辛弃疾那样"男儿到死心如铁，看试手，补天裂"，不像陆游那样"自许封侯在万里。有谁知，鬓虽残，心未死"。时势不同，柳永所处的时代正当北宋开国不久，国家统一，天下太平，经济文化正复苏繁荣。京城汴京是当时世界上最大的都市，新兴市民阶层迅速形成，都市通俗文艺相应发展，恩格斯论欧洲文艺复兴时说，这是需要巨人而且产生了巨人的时代。市民文化呼唤着自己的文化巨人。这时柳永出现了，他是中国历史上第一个专业的市民文学作家。市井这块沃土堆拥着他，托举着他，他像田禾见了水肥一样拼命地疯长，淋漓酣畅地发挥着自己的才华。

南平

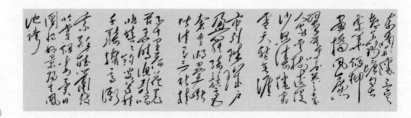

  柳永不是想当名作家而到市井中去的，他是怀着极不情愿的心情从考场落第后走向瓦肆勾栏，但是他身上的文学才华与艺术天赋立即与这里喧闹的生活气息、优美的丝竹管弦和多情婀娜的女子发生共鸣。他在这里没有堕落。他跳进了一个消费的陷阱，却成了一个创造的巨人。这再次证明成事成才的辩证道理。一个人在社会这架大算盘上只是一颗珠子，他受命运的摆弄；但是在自身这架小算盘上他却是一只拨着算珠的手。才华、时间、精力、意志、学识、环境通通变成了由你支配的珠子。就像黄山上的迎客松，立于悬崖绝壁，沐着霜风雪雨，就渐渐干挺如铁，叶茂如云，游人见了都要敬之仰之了。但是如果当初这一粒籽有灵，让它自选生命的落脚地，它肯定选择山下风和日丽的平原，只是一阵无奈的山风将它带到这里，或者飞鸟将它衔到这里，托于高山之上、寄于绝壁之缝。它哭天天不应，喊地地不灵，一阵悲泣（也许还有如柳永那样的牢骚）之后也就把那岩石拍遍，痛下决心，既然活就要活出个样子。它拼命地吸天地之精华，探出枝叶追日，伸着根须找水，与风斗与雪斗，终于成就了自己。这时它想到多亏我留在了这里，要是生在山下将平庸一世。柳永是经历了宋真宗、仁宗两朝四次大考才中了进士的，这四次共取士九百一十六人，其中绝大多数人都顺顺利利地当了官，有的或许还很显赫，但他们早已被历史忘得干干净净，而柳永至今还享有殊荣。

　　呜呼，人生在世，天地公心。人各其志，人各其才，人各其时，人各其用，无大无小，贵贱无分。只要其心不死，才得其用，时不我失，有功于民，就能名垂后世，就不算虚度生命。这就是为什么历史记住了秦皇汉武，也同样记住了柳永。

　　柳永（约987-约1053）北宋词人。原名三变，字景庄；后改名永，字耆卿；排行第七，又称柳七。宋仁宗朝进士，官至屯田员外郎，故世称柳屯田。由于仕途坎坷、生活潦倒，他由追求功名转而厌倦官场，耽溺于旖旎繁华的都市生活，在"倚红偎翠"、"浅斟低唱"中寻找寄托。作为北宋第一个专力作词的词人，他不仅开拓了词的题材内容，而且制作了大量的慢词，发展了铺叙手法，促进了词的通俗化、口语化，在词史上产生了较大的影响。

法医学之父宋慈

王宏甲

宋慈于 1247 年著述出版的《洗冤集录》是世界上第一部法医学巨著，没有比这更早的法医学专著了。该著作被翻译成亚欧多国文字，影响了人类法医学的发展。因而，我以为该称宋慈为法医学之父。

宋孝宗淳熙十三年（1186），宋慈生于福建建阳童游里，他的父亲为他取名慈，字惠父。宋慈的父亲字世卿，其祖上有到建阳任县丞的宋仕唐，字直卿。宋慈的名和字，就寄托着这个家族的理想。

宋慈九岁到朱熹高弟吴稚门下读书。开禧元年（1205），宋慈十九岁，到临安入太学。嘉定十年（1217），宋慈中乙科进士，被任命为浙江鄞县尉官，这年他三十一岁。就在这年，他父亲患重病，宋慈无法赴任而赶回家乡。不久父亲病逝，他居家守制。嘉定十七年（1224），宋慈三十八岁，仍在家中。这年刘克庄到建阳任知县。刘克庄与宋慈性格不同，却是好友。几十年后，宋慈去世，刘克庄撰写了《宋经略墓志铭》。这篇墓志铭幸得流传至今，是后人了解宋慈生平最主要的史料。

理宗宝庆二年（1226），宋慈四十岁，出任江西信丰县主簿，开始他的从政生涯。

嘉熙三年（1239），宋慈五十三岁，出任广东提点刑狱，这是主管广东司法、刑狱和监察大权的高级法官。

这是宋慈一生中首次出任提刑。据记载，当时广东疑难积案甚多，有"留狱数年未详覆者"，就是说，还有人关押在狱中多年了犯罪事实尚未核实的。宋慈视察了监狱，又查阅原始案卷，发现很多案卷案发之初的勘查检验就有很多模糊不清的地方。他切实地感到了地方官吏"多不奉法"。这些难决的疑案，有的是不负责任拖成的，有的则是由于舞弊营私造成，年久月深，这些疑案单靠广州衙门是无法审断的。他采取的举措是"下条约，立期程"，把需要重新勘察的案子发回地方，限期重新审定。

宋慈接着就深入广东各地，"循行部内"，奔走于山岭水涯，"虽恶劣处所，辙迹必至"。他深知决狱理讼，要"审之又审，不敢萌一毫慢易之心"，深知"差之毫厘"，会"失之千里"，"唯恐率然而行"，使死者蒙受不白之冤。这些体会，他日后写在《洗冤集录》中。

当时的验尸人员称为"仵作"，这是一项被认为下等的差事，一般审案官员是不亲手验尸的。宋慈深入各地，发现仵作被收买，在验尸时匿真报假，使法官失去第一手真实资料的事不少。如果法官也被收买，那么验尸的现场记录等一应案卷即使是全的，案情的真相也会被掩盖了。这弊端迫使他总是躬亲尸首地头，"不避秽臭"，乃至不得不亲事检验，这是他真知灼见的重要来源。

除了重视真实的检验勘查实据，宋慈还非常重视寻访收集情况。他是这样说的："若遇大段疑难，须广布耳目以合之。"五十三岁的宋慈风尘仆仆地奔波于广东各地，经过八个月的辛劳，他清理了大批疑难积案。所谓"雪冤"，不光是还人清白，还要捕捉真凶。据记载，他"阅八月，决辟二百余"，清正刚直之威，为民雪冤之名，因此远播。

第二年，宋慈奉命移任江西提点刑狱，兼知赣州，去审理江西的疑案。这期间，他以赣州最高长官的职权，还较好地解决了江西、福建、广东之间边境上武装贩盐的问题，使道路通畅，盐价稳定。宋廷曾把宋慈的方法下达有关各路（南宋路相当于今天的几个省），令效仿。宋慈留下了"听讼清明，决事刚果"，"所至雪冤禁暴"的英名。

淳祐九年（1249），宋慈六十三岁，任广东经略安抚使，为广东最高行政长官。这年春，广东学宫举行释菜（开学）典礼，依惯例由当地长官主持，宋慈有头眩之疾，部下建议他委派别的官员代理，宋慈坚持前往，回来后身体状态日下，于三月初七日病逝。

宋慈去世后，宋理宗皇帝赞其为"中外分忧之臣"，"特赠朝议大夫，御书墓门以旌之"。1250年，宋慈灵柩移送回故乡，于七月十五日归葬。其后，官至工部尚书、龙图阁学士的刘克庄撰写了《宋经略墓志铭》，称宋慈为官禄万石，却"家无钗泽，厩无驵骏，鱼羹饭蔽，缊袍萧然终身"。

宋慈最大功绩是为后人留下了《洗冤集录》。

宋慈去世后三十年，南宋灭亡，但宋慈的《洗冤集录》传了下来。历元、明，对该书增删补遗的种种版本不断问世。到康熙三十三年（1694），以《洗冤集录》为蓝本进行增补校正的清廷《律例馆校正洗冤录》钦颁天下，但此本已完全不提宋慈姓名，中国古代人才的创造，以朝廷或皇帝敕令的名义传播于天下，首创者的姓名消失了，这当然不是孤例。从康熙三十三年起，宋慈渐渐被国人遗忘。

但在世界法医学史上，宋慈的名字就是中国人的骄傲！

有个细节值得留意，宋代只有法官检验一说，还没出现法医学这个词。宋慈的《洗冤集录》在上几个世纪陆续被来华的外国人翻译成朝、日、法、英、荷、德、俄等国文字，世界对他的渊博学识赞叹不已，是外国人首先尊他为世界伟大的法医学家。

1602年，意大利的佛图纳图·菲德利（Fortunatus Fidelis）写出欧洲最早的法医学著作。这是《洗冤集录》问世后三百五十多年的事。

1840年后，英国《亚洲文会会报》、法国《远东评论》均发表了评介《律例馆校正洗冤录》的论文，荷兰人译出了第一个完整的译本，德国人再将荷译本译成德文，法国人则将越南本《洗冤录》译为法文。英国剑桥大学东方文化教授盖尔斯的译本曾全文刊于英国皇家医学杂志，并有单行本问世。进入20世纪，苏联波波夫教授于1950年著《洗冤录评介》，契利瓦科夫教授于1956年著《洗冤录研究》，并在《法医学史及法医检验》著作中印宋慈画像于卷前。到1981年，美国翻译出版了现存最早的元代版本《洗冤集录》。这是唯一把宋慈的《洗冤集录》完整地翻译出来的版本。迄今，宋慈著作被翻译成外文的至少有七国文字二十种版本以上，这部作品对人类法医学的发展产生了深远的影响。

1986年，建阳政府与中国法医学学会在建阳共同主办了纪念宋慈诞辰八百周年的纪念大会。全国法医学界精英名流相聚建阳，这是第一次隆重纪念宋慈的全国性盛会。大会举行了宋慈塑像揭幕仪式、宋慈亭落成典礼，与会代表拜谒宋慈墓。建阳政府将宋慈故里童游镇一条主街命名为"宋慈路"。

欧冶子与湛卢剑

冯顺志

　　湛卢文化像一颗璀璨的明珠，在瑰丽多彩的八闽文化艺术宝库中熠熠生辉。她凝聚着历代松溪人民的智慧和才能，闪耀着鲜明的民族特色，洋溢着浓郁的乡土气息，并以其丰厚的历史内涵和形象生动的魅力，历经岁月的风雨而不泯，始终保持着旺盛不衰的生命力。湛卢文化的发轫，开端于湛卢剑的铸炼。

　　欧冶子，春秋时越国宁波人，是历史上著名的铸剑师。

　　春秋时期，诸国混战，闽地为丘陵地带，宜短兵相接，利剑成了提高战斗力的重要武器。铸剑的能工巧匠便在这样的背景里产生，欧冶子就是代表之一。

　　《越绝书·外传记宝剑》载："越王允常（勾践之父）命欧冶子铸剑。"欧冶子带妻子朱氏、女儿莫邪，到闽、浙一带名山大川遍寻适宜的铸剑之处。当他们看到湛卢山清幽树茂，薪炭易得，矿藏丰富，山泉清冽，适宜淬剑，就结舍于此铸剑。经过三年辛苦，终于铸就了锋芒盖世的五柄剑。有大刑三：湛卢剑（深沉、墨色，意为黑色的胜利），纯钧剑（剑出鞘如芙蓉出水，泱泱如水消溶），胜邪剑（取莫邪名之意）；小刑二：鱼肠剑（吴臣专诸受公子姬光之意弑君主谋位，后被视为不祥之物），巨阙剑（巨：切之意，阙：锐利，皆如切泥削浆）。其中湛卢剑"可让头发及锋而逝，铁近刃如泥，举世无可匹者"，被冠以五剑之首。

元代湛卢书院山长杨缨带神话色彩地描绘了湛卢宝剑的铸炼过程:"欧冶子挟其精术,径往湛卢山中,于其麓之尤胜且绝者,设炉焉。取锡赤谨之山,致铜于若耶之溪,雨师洒扫,雷公击劈,蛟龙捧炉,天帝装炭,盖三年于此而剑成。剑之成也,精光贯天,日月斗耀,星斗避彩,鬼神悲号,越王神之。"

明代冯梦龙所著的《东周列国志》中说,湛卢剑"乃五金之英,太阳之精,出之有神,服之则威"。《东周列国志》中还收录了一个故事:湛卢宝剑铸成,越王勾践视之为国宝。越国被吴国攻灭,吴王阖闾获得此剑。但有一天此剑忽然不见了,而某日在楚昭王的枕边突然发现这把寒光闪闪的宝剑。相剑者入宫解谜道:此乃吴中剑师欧冶子的"湛卢"宝剑,吴王无道,杀吴王僚自立,又坑杀万人以殉其女,吴人悲怨,吴王岂能得此剑?此剑所在之国,其国祚必绵远昌炽。楚昭王大悦,"此乃天降瑞兆也"!可见,湛卢宝剑已成为预示国家兴亡的神物了!唐朝诗圣杜甫有诗咏道:"朝士兼戎服,君王按湛卢。"历代诗文提及湛卢宝剑的还有很多。

传闻湛卢宝剑初铸成时,寒光闪闪,挥剑试石,石开裂痕达数十米。故古人于悬崖上书"试剑"两字。湛卢山上还遗存许多欧冶子铸剑的遗迹:有欧冶子结庐藏身的"欧冶洞",有欧冶子当年铸剑炉址的"炉岩"、淬剑的"剑池",刻于唐贞观年间记述了欧冶子铸剑及湛卢山名来历的"断碑"等。清康熙三十九年《松溪县志》中载,"吾邑诸山之冠曰湛卢,据胜七闽,接壤两浙,由欧冶子铸剑而得名,以朱晦翁杖履而益著",故湛卢山有"天下第一剑山"之美誉。

湛卢剑几经辗转流传,据说唐时为薛仁贵获得,后传到南宋抗金名将岳飞手中。宋绍兴十二年(1142),岳飞父子遇害后,湛卢剑不知下落。

在湛卢山铸成湛卢等五柄宝剑之后，由于山上的资源不足以铸出前方战事所需的大批利器，欧冶子离开了湛卢山，来到浙江的龙泉，并在此铸出龙渊、秦阿、工布三把名剑。传说，欧冶子因不知去往何处另觅铸剑之地而犯愁时，梦到一位白发童颜老人。老人站在云间，高声叫道："欧冶子，你铸剑报国，任务艰难，你可到秦溪山麓去，那里有取之不尽的五金之英，用之不竭的寒冽泉水，还有亮石坑发光洞的宝石供你磨剑。"欧冶子忙作揖："请问仙翁，秦溪山麓在何处？"白发老人手往白云深处一指，只见一双白鹤飞到欧冶子身边，白发老人道："骑上白鹤去吧！"欧冶子骑上白鹤，像流星般飞去，最后在括州府黄鹤（今浙江龙泉）停下。欧冶子举目眺望，四周古木参天，湖水清澈，环境幽静，不觉大叫一声："好地方，好地方。"第二天早晨，欧冶子夫妇携女儿莫邪，日行夜宿，终于找到秦溪山。今在湛卢山上，仍遗留当年欧冶子所倚睡的那块石头，人们称之为"仙枕"。

由于欧冶子铸出精良的兵器，被越王封为"湛王"和"大将军"等官衔。欧冶子不愿为官，只求回归湛卢山和秦溪山重操旧业，然而终不能如愿。后人在湛卢山建有"欧冶祠"，在秦溪山建有"欧冶子将军庙"。

"逍遥我亦餐霞者，十年云卧湛卢下。斗间瞻气有双龙，人间何处问欧冶。欧冶一去几春秋，湛卢之剑亦悠悠。"欧冶子和他的湛卢宝剑早已成为弥漫在湛卢山上的历史烟云。然而，无论时光如何变化，这位铸剑大师不畏艰难、坚忍不拔的精神和湛卢宝剑的浩然剑气，已成为一笔宝贵的遗产，留给了生于斯、长于斯的松溪人民。

黄峭遣子诗

张建光

　　工部侍郎黄峭，名岳，字仁静，号青山，又叫峭山，邵武人。他生于唐懿宗咸通十二年（871），卒于后周广顺三年（953）。

　　黄峭少时聪慧、有胆略。唐昭宗时，黄峭为陇西郡王李克用赏识，协助李克用领兵征战，平乱勤王，历任千夫长、千户侯、工部侍郎等职。黄峭经历了朱温（后梁太祖）称帝时期，对世事有洞察力，认为战乱祸民，于己也无益。后梁开平元年（907）唐朝灭亡时，他绝食数日，弃甲去官为农。后梁龙德三年（923），

李克用之子李存勖，灭了朱瑱称帝，建后唐国。黄峭再次为官，后绝意仕途，弃官归隐。

回归故里后，深知文化教育重要性的黄峭创办了和平书院，开创了宗族办学的先河，由此营造了和平千余年来读书求学、重视教育的氛围和传统。宋以后，和平书院逐渐发展为一所地方性学校，不再只是黄姓的家族学堂，为邵武培养了大批在历史上有影响的人物。

"父母在，不远游"，是从孔夫子那里传下来的传统观念。而黄峭却能意识到"多寿多忧，多男多惧"，意识到"燕雀倚堂而殆，鹪鹩巢林而安"，告诫子孙"漫云富贵由天定，三七男儿当自强"，教育后人自强自立，不袭父荫，毅然分遣子孙远走他乡自己开拓创业，繁衍发展。这在当时无疑是难能可贵的。

"众儿郎，上酒。老夫有诗要赋。"

"父亲，我们二十一位男儿祝您寿比南山。"

公元951年农历四月二十二日，邵武和平坎头村黄家大厅人头攒动，喜气冲天。门前一地鞭炮纸屑，厅内四处红烛高照。酒过三巡，满堂皆欢。只有今晚喜宴主人——八十寿翁黄峭端坐沉吟，一脸凝重如同门前大樟树。听说寿翁要即席赋诗，全场一片安静。

"老翁此诗是送子之诗，也是往后尔等认祖之诗。今朝把酒相送，明日各奔东西。儿郎们，听好了：信马登程往异方，任寻胜地振纲常。"

"父亲，你是酒喝高了，还是怪我们孝心未到？万万不可出此重语！"

黄峭没有丝毫醉意，看得出他借吟诗宣布遣子决定来自他的深思熟虑。望着跳动的烛火，他觉得上扬的眉梢隐隐有风，卷起往事如烟。黄姓氏族是黄帝的后裔，最早的祖先生活在内蒙古东部，后来有一支落脚在黄河流域中原地区，建立了黄国。公元前648年黄国为楚所灭。但黄氏子弟四方求索，力图中兴。黄峭始祖源于河南光州固始。到了五代十国，中原诸侯割据混战，如欧阳修所说："易五姓十三君，而亡国被杀者八。"政权更迭之快后人很难想象，维持最长的后梁也不过十七年。北方兵荒马乱，南方成了人们的向往之地。江浙自是地上"天堂"，闽粤进入"偏安盛世"，四川被称为"天府之国"。黄氏家族又一次分流发展，纷纷迁入中国的东南。黄峭的上高祖公随唐将李适南下，经湖北江夏小住，再沿长江入闽，先居浦城，后落脚邵武和平坎头村。经过几世打拼，家和业兴、子孙满堂。黄峭他不会忘记出生之日，父亲在门口手植一棵樟树，回屋抱起刚刚出生的他，将一泡童贞之尿洒在树旁，希望家族和此树一起根深发达。如今小树已经参天。枝繁叶茂之时，黄峭竟自凋零。

姻亲乡党无不惊骇，而黄峭依然抑扬顿挫吟出下句：

"足离此境非吾境，身在他乡即故乡。"

邵武不是黄峭的故乡吗？他生于斯，长于斯，最后还要归于斯。有文人形容和平是古典的桃花源式的中国乡村。如今路口站立的招牌告诉我们，它是中国历史文化名镇、中国进士之乡。黄峭祖先一踏上邵武和平，就再也迈不开脚步。此处是通往江西、泰宁、建宁和汀州的咽喉要道，当年福建出省的三条隘道，其中之一就在和平境内。和平地势平坦，山清水秀、稻香鱼肥、风和雨细，是农耕经济条件再好不过的家园。只要念念古代的地名便可知其繁华程度：和平故称"昼锦"，白天黑夜，花团锦簇。

这一方水土不用说养人，可以说种什么成什么，就是插根扁担也能开花。黄峭深爱足下的这块土地。弱冠之时，他便聚合乡邻，兴办义师保护地方。陇西郡王见其智勇双全推举他为千户长。后来又因平叛、助王有功一再晋升，最后官至工部侍郎。大唐之后，三十五岁的黄峭选择了解甲归隐。半是因为道不同不相为谋，半是家乡青山绿水牵挂。几十年过去了，日暮桑榆还要骨肉分离？有道是积谷防饥，养儿防老，是不是父子之间情感出现了裂痕？父母在怎会要儿远游？

"早暮莫忘亲嘱咐，春秋须荐祖蒸尝。"

大丈夫如何不怜子？黄峭壮年之时抛却了功名利禄，"穷则独善其身"既然不能平治天下，那就修身齐家。从此，唯一的事业就是教育子孙，全部的希望都在儿孙身上。他慈祥又严格有加，从他身后留下的"黄氏家训"看，他对后辈的方方面面都定下规矩。他爱抚又鼓励自强，子女乳哺之后，就不让他们在母亲怀中索食撒娇。他像一张巨大的保护伞，机警地庇护着家庭子孙。平安度过半个世纪的乱世，他的神经还是绷得紧紧。一种深深忧虑时不时掠过他的头脑。先贤有言，"多寿则多忧，多男则多惧"，聚不如散。你看"燕雀倚堂而殆，鷦鷯巢林而安"，燕雀贪图高堂安逸，结果跌落而亡，鹪鹩众鸟以树林为家反而安然无恙。今日两广、江浙一带，沃土荒凉，只要勤耕农桑，都能成为像和平一样的厚土乐园。天高鸟飞，海阔鱼跃。孩儿啊，不是为父养不起你们，黄峭的心里指望儿郎们自强自立。他也许不知道后人所说的众多鸡蛋不能放在同一筐的理论，但他的非常之举却出自深情爱意。要知道离别之苦之痛最不能忍受的还是老人。所以，黄峭在宣布遣子决定时稍稍做了变更，让三房各留下一位长子，侍奉娘亲。反复交待孩子们不要忘记亲人的叮咛，清明寒食、春秋祭祀，不要忘了给祖宗上香供果。

"漫云富贵由天定，三七男儿当自强。"

黄峭用最高的音调，也用最大气力，吟诵全诗的最后两句。无论儿孙还是在场姻亲乡党，心里都为之一凛。黄峭自幼有智略，"四书五经"烂熟于胸，文章诗画皆藏于腹。他十六岁考上秀才，十九岁成为进士，每个毛孔都能渗出孔孟之道的圣水来；返乡后，他还一手创办和平书院，传道授业，释疑解惑，开创了闽北办学之先河。黄峭读书无数、阅事无数，更主要的是他对传统文化进得去出得来，把书读透读薄，不做迂腐的一介书生，绝不听天由命，囿于过时规矩。他不重金钱，不重一时半刻团圆相聚，他的心中自有天下，他的目光总在远方。他要家人给每位孩子一本家谱，一份"瓜子金"积蓄，一匹白马，要十八子信马由缰，马停而居，随地作名，开创家业，建立功名。子孙之间他日相逢彼此以礼施投、频来而不拒，久间而不疏，家族的谱牒和这首诗就是相认的凭据。

　　信马登程往异方，任寻胜地振纲常。

　　足离此境非吾境，身在他乡即故乡。

早暮莫忘亲嘱咐，春秋须荐祖蒸尝。

漫云富贵由天定，三七男儿当自强。

　　我不知道究竟是诗如黄峭，还是黄峭如诗。其声铿锵，穿云裂帛，从一千多年前震荡到今天；其势雄浑，马踏飞燕，纵横江河山岳；其境高远，超越时空，傲对日月星辰；其情可掬，大爱至绝，忍将别离作欢笑。诗的回响是巨大的：从黄峭分家送十八子出征起，他的后裔开始从邵武走向赣、粤、桂，再走向港、澳、台，开发南洋，旅居欧美，遍布世界几十个国家和地区，人口数千万，家谱越写越厚，诗歌也越唱越响。家谱当然是他们家族的，而《遣子诗》的意义和精神则为我们所共有。

清明插柳练夫人

邓冠民

　　五代殷天德三年（945）。秋月的一天，王延政占据的建州城（今建瓯）遭遇到了一场猛烈的攻击。只听城外战鼓隆隆，

练氏夫人

杀声阵阵。成千上万的南唐士兵在将领王建封的指挥下，冒着矢雨，架起云梯，奋勇登城。城楼上，守将率兵顽强反击。然而终因寡不敌众，守将被杀，城被攻破。王延政见大势已去，只好请求投降。王建封心中恼火这位小国之君不早投降，把手一挥，就要下令屠城。

就在此时，一位参军赶了过来，附着王建封耳朵说了几句话。王建封脸色一变，赶快命令："且慢屠城。"一边说着一边匆匆跳上马去。

原来，参军告诉王建封说："将军可别忘了，练氏夫人也在城里，她对我们可是有恩的啊。"

练氏夫人，名隽，浦城仙阳镇练村人，闽王王审知的刺史章仔钧之妻。王建封原先就在章仔钧手下任校尉。有一天，南唐将领卢某带兵借道经过浦城，突然鼓噪攻击章仔钧的营垒。章仔钧一面坚守，一面派王建封等两名校尉急驰建州求援。哪知天下暴雨，路遇山洪受阻，二校尉回来时误了军期。按军法当斩。练氏夫人得知后，劝章仔钧说："时局艰危，天下未定，为什么要杀壮士？"章仔钧说："我是带兵的，如不依法执法，今后如何号令军队？"练氏夫人见状，心生一计："不如放走他们，让他们自谋出路吧。"章仔钧听了，沉默不语。练氏夫人当即脱下自己首饰送给二人，命其星夜逃离。

王建封后来投奔南唐，做了信州刺史。后晋天福八年（943），王延政称帝于建州。天德三年（945），南唐见殷国内乱，派安抚使查文徽为统帅，以王建封为先锋桥道使率军攻打建州。

王建封寻到练氏夫人住处，令随从解下兵甲，带上一面白旗，自己拱立屋外，恳请夫人接见。练氏夫人叫儿子传

题练氏夫人墓

[清]郑修楼

芝山梨岳溯移民，
尽是当年劫后身。
千载黄堂留墓地，
万家黔首拜夫人。
明月照空常不死，
古碑坠泪来生尘。
男儿多少图麟阁，
谁似闺门俎豆新。

话："贵将奉命来讨伐建州，如今城破，建州男女老少都在等着被杀，我也是命在旦夕，怎敢受你礼拜？"王建封说："我恨生前不能见太傅公（章仔钧）一面，今天特来拜望夫人，已经是迟了。恳请夫人一定要见一面。"练氏夫人见其态度诚恳，只好出来受礼。王建封伏地再拜，说："我的确就要命令屠灭此城，请夫人在门前插上这面白旗，我会命令士兵不要进犯您的住宅。"练氏夫人听了之后，并不说话。王建封心想也许夫人还想着她的亲戚吧，于是又说："请夫人将你的所有亲戚的名字也写在上面，我们一并保护。"练氏夫人叹了一口气，回答说："今天你对待我确实是恩情深厚，但如果全城人都死而我不死，则有背于大义。我已经老了，你们要屠城就从我杀起吧！"

王建封听说此言，一愣："夫人何以出此言？"练氏夫人答道："就我所闻所见，抵抗者都是奉命行事的士兵。而城中的老百姓有万户以上，他们都没有罪。你们如果还记得我旧日的恩德，就希望你们能保留这座城市和城里百姓。如果一定要屠城，我和我的家人决不苟且独生。"王建封见练氏夫人如此态度如此坚决，深为感动："夫人不肯独生，却愿以死来保全城百姓，我们怎能忘记大义而屠杀这些无辜的老百姓呢？"马上下令不屠城。全城百姓闻讯，喜极而泣，深感练氏夫人大恩大德。

练氏夫人去世后，建州无论官员百姓全城举哀。为纪念她保全城池、救护百姓的恩德，建州官员打破在城内不得建墓的惯例，将练氏夫人葬在州署后堂，立碑尊之为"全城之母"。后唐封其为"渤海郡君"、"贤德夫人"，宋仁宗加封其为"越国夫人"。

寇准、朱熹、文天祥等名人都有诗文题颂她。明成祖还特为其御制《为善阴骘序》，并诗赠夫人二首：

一

曾将厚德结人心，岂料功成报德深。

肯使一身同日死，全城宁与却黄金。

二

积德由来报在天，子孙荣显自绵延。

一门福庆皆阴德，千古犹称练氏贤。

明正德十五年（1505），建宁府同知湛龙在城西敬客坊，建章太傅练氏夫人祠。后移至城内桐树坡，即今铁井栏凤岗别墅隔壁的章氏宗祠。该祠堂内还保有一块二米高的花岗岩石碑，镌有《重修祠记》，文中特别提到："练氏夫人以一言全一郡之生。生有一十五子，六十八孙，科第簪缨，至今勿替。其功德盛，福极之隆，支派之蕃衍，世所共知。"

练氏夫人的事迹，感动着千千万万后人。直到今天，每年清明节时，建瓯百姓家家户户门前插杨柳，以纪念练氏夫人。建瓯芝城公园立有"练氏夫人"铜像，供市民瞻仰。

南平境内低山广布，河谷与山间小盆地错落其间，形成以丘陵、山地为主的地貌特征，其中武夷山脉主峰黄岗山海拔2158米，是华东大陆最高峰。武夷山水"奇秀甲东南"，融国家级风景区、自然保护区和旅游度假区于一体，足以展现出南平的山水秀色。此外，可看"吴山青、南浦碧"的仙楼山、"雄峙彩云飞"的宝山、藏匿在四县市交界处的洞宫山、"福建屋脊"光泽大武夷天池都在等待着游人的脚步去将它们唤醒。

感悟

绿色

山水

古南平城池图

武 夷 颂

刘白羽

大自然是伟大的创造者，他常常以惊人之笔，把人引入深邃的美的意境。我总算是游历过一些名山大川的人了。但我不能不说，武夷一下把我的神魄吸慑住了。

我是 1984 年 11 月 10 日到达武夷山的。北国飞雪，南天清秋，一片红色余晖，映照出武夷山脉烟海苍茫、长天辽阔的神姿。忽见一巨峰迎面而来，雄浑奇伟，拔地擎天，状如袅娜升腾的

蘑菇云，在朦胧暮色之中，倍觉苍劲，原来这就是进入武夷的第一峰大王峰。这时，一阵清风从山顶上飒然而至，当我想到"此大王之雄风也"，心中不觉升起一种庄严肃穆之感。

谁知神龙一现，夜幕骤临，武夷山水似乎并不急于使我一睹风采。夜气有些清凉，在寓舍饮上一杯醇香的乌龙茶，倒也取得一丝暖意。不过，午夜嫩寒寻梦处，飞来九曲玉玲珑，这一夕我是在悬念中度过的。拂晓急起，推开窗门，哪里知道白茫茫浓雾，遮天盖地，一无所见，武夷山在哪里？九曲溪在哪里？可是，当我踏上游程时，我却深深品味到这大雾的美妙之处了，如甘霖滋润万物，如水墨濡染江山。当我缘着崎岖的小径走去，忽见一石门，为宋代遗物，久经风霜的侵蚀，使得门上浮雕形迹模糊，荒山野石，更觉古朴，一根藤须从上面垂下，微微拂动，仿佛在向来人招手。而后，来到云窝。这时，我特别领略到：一峭岩，一曲径，一树梢，一竹叶，无不凝结满晶莹的水珠。特别是当我攀登到一处山峡深谷时，从芭蕉叶上，雾珠竟似雨水一般滴流而下，丁冬作响。雾，武夷的雾啊！你在美化人间、诗化人间，你使一切朦胧、隐约、清幽，我才明白古人以雾里看山为一绝，确有精到之处。我攀上峰顶，极目远望，突然间看到茫茫云海之上，三个山峰，竟像从海里踊跃而出，腾空而起，阳光有如千万支强烈的聚光灯把山峦照得红艳艳。我一时之间完全浸沉在虚无飘渺的梦幻之中了。我觉得那山峦——迎接第一线阳光的使者，确像在低唱、在微笑。于是，漫漫浓雾就此渐渐隐退了。

人赞武夷曰：丹山碧水，我就概括我两日之游，说说山，谈谈水。

　　我穿过迂回曲折的岩洞，听尽琴弦急语的泉声。久久停立，为一座险峰镇住。峰顶上紧贴着一片森然直上的苍崖，像一支利剑。它的半腰却横裂三痕，令人望之悚然，好像只要一阵风，就会崩裂而下。但，这正是武夷山奇绝的特色。当我走进茶洞，这片茶园四周耸立着七座巍巍大峰，有如一口深井，据说只有在太阳西下前的瞬间，一线阳光忽然凭空而下，其璀璨，其艳丽，无与伦比。当我方沉醉于遐想之中，忽然仰头一看，一座高峰耸立面前，这就是无游峰。我看上山的石梯，狭窄、曲折陡峭，实在令人望而生畏。我不想上了，同行人也不要我上了。但，徐霞客说"其不临溪而尽九曲之胜，此峰固应第一也"，这句话吸引了我、鼓舞了我，我还是奋力而上。我虽未能穷万仞之巅，而只登临其半，但眼前忽地豁然开朗，山卷狂涛，溪流万转，尽入胸襟。我在迎着灿烂的阳光，吹着飒爽的清风，一时之间，呼啸苍天，扶摇大地，真有游天之感了。

　　这儿的山有这儿的风格，它既不像黄山那样万山萦回，也不像庐山那样一山飞峙，它像天上造物者偶然抛洒下无数碧螺，万峰千岩，如剑如笋，朝天耸立。我一看这儿的山就想起青铜雕塑。所以这样想，一因其色，一因其彩。红层地貌，人称丹霞，于青苍中露出赤红，确实叫人联想到万古风霜、铜色斑斓；岩体崩解，岩如断壁残垣，危绝奇峭，山如肌层怒张，孔武有力。总之，每峭岩，每峻岭，都像由一个巨大艺术家，凭他敏捷的才智，豪迈的心灵，挥动雕刀，铿锵劈刻，处处显得矫健、粗犷、苍劲、神奇，从而给人一种动态的美感。当我回过身来看时，但见天游峰顶，万丈悬崖，一片飞瀑，直泻而下，日光闪烁，微风摇曳，像碎玉，像飞雪，就更给这凝聚的峰峦，凭空增添了几分意气，

81

几分生机。人们告诉我，如果夜宿天游峰顶，在晨曦到来的时刻，看白茫茫的云海，像大海的波涛，旋卷翻腾，待朝阳骤临，霞光绚灿，像姹紫嫣红，万葩齐放，那才真是瑰丽壮观呢！

　　如果说丹山是武夷的铮铮神骨，碧水便是武夷的悠悠心灵。我们下午就乘竹筏一泛九曲溪了。好心的主人特别安排，逆流而上，这样可以按照序列，可从一曲游到九曲。溪名九曲，其实水随峰流，峰逐波转，何止百转千回。岩石凝紫，溪水湛绿，两峰山崩峰裂，铁熔铜铸，形成曲曲折折的幽涧深谷。溪上的水清如镜，一眼望到底，河底的卵石清晰可数，日光立影，闪闪浮动，真像有千万片水晶在震颤，在闪烁。当我沉醉在一片浓绿之中的时候，突然在一泓深潭上看到倒垂着一片乳白色的山影，随着碧波荡漾，真是动人。我连忙翘首仰望，但见整个山体洁白如玉，在苍苍层峦叠嶂之中，愈发显得像是一个亭亭玉立，脉脉含情的少女。啊！玉女峰！玉女峰！我曾仰望长江上的神女峰而惆怅，我曾凝眸石林中的阿诗玛而慨叹，但我以为武夷山的玉女峰的确是美得惊人，它不但婀娜多姿，而且神情飘逸。当我们的竹筏已浮游而进，我还屡屡回顾，它使我想到我在巴黎罗浮宫中默默观赏维纳斯那一时刻我心中所升起的亲切、喜悦、完美的人和生命自由的庄严的向往。九曲溪一曲一折，有时清流浓碧，波光粼粼，有时乱石堆滩，急湍飞鸣。千山萦回，一流婉转，回头望，望不尽乱山丛立，有如长江三峡；向前看，看不完明山丽水，又是一曲新的画廊。竹筏浮至四曲，忽见一株红艳艳的杜鹃，从崖头垂下，凌风嫣然。武夷回天天怜我，小阳春里露深情。你，杜鹃，我一个月之前在云南边境亚热带丛林中，冒着浓雾，涉过激流，向扣林山奔驰时，曾为那满山遍野浓艳艳的红紫色而精神一振，谁料如此之快又在这僻静的幽谷中重逢，好像春之神真的回天有术，给我以深情厚爱。但真个使我整个神魂为之震颤的是游到五曲。在岸上凌空飞来一座平坦的，浩荡的巨崖，它上凌青天，下临碧水，这就是仙掌峰。而奇特惊人的，是在这一半铁青一半赭红的崖壁上，冲激出数十道均匀齐崭的圆形棱柱，仿佛在天风飒爽之中，如见古希腊神庙的廊柱。我再细看，这峰崖倒映水中，那些圆柱就像千万条游龙在随波荡漾，真令人有虎跃龙腾之慨！上到八曲，乱滩纵横，万流迸裂，声奔雷，浪花飞雪。过了芙蓉滩，山势迂回舒坦。到了九曲，已是夕阳明灭乱山中，暮霭低垂，紫云缭绕了。

这一夜，我久久沉思，不能入睡。我与其说带回一身九曲清气，不如说带回一颗水晶的心。那些染满污泥浊气的人，怎能懂得一碧如染的清流那样纯净，那样澄澈，那样柔和，而又那样百折不挠，勇往直前，是多么可珍贵的情趣！

由于诞生了上述这一种信念，因此，第二天清早我就奔向武夷深山的原始森林。不过，好心的主人，不言不语，却把车开到一处停了下来。我一看路边石碣上赫然大书"灵岩"二字。啊！仅仅念念这个名字，就给人多少神灵、多少圣灵、多少山灵的憧憬呀！我们沿着崎岖小径进入山洞，抬头一望，洞顶就像是神话中的巨灵神用利剑劈开的一条隙缝，一线天光从上泄漏而下。如若说这里森森的洞窟使人想到炼狱，那么这一缕微芒就恰似神光了——古罗马诗人但丁如果到了这里，该给他的《神曲》增添多少奇思妙想啊！出来看看这座灵岩山，山崖边上长满像吊兰的垂草，谁知原来这都是百合花。若是春天，雪白

作家笔下的

南平

84

的百合花会开满崖边，阵阵芬芳，不正是你灵岩的心香一瓣吗？

上了车，车越开越快，进入一片绿的黄金世界。断涧残崖，千回万转，森森古木，染透碧空。深壑之中，乱石如立，溪水有时聚为深潭，水绿得那样浓，就像浓醇的薄荷酒；从石缝中喷出的激流像飞腾的冰雪。绿的阳光，绿的风和白的水，白的浪花，溶织交汇成为一曲交响乐，萦回漫卷，悠悠飘荡。我到这武夷深山之中，为了寻找九曲溪的源头，更重要的是寻找我们今日中华民族神魄的源头。我怀着隆重心情想一瞻武夷最高峰黄岗山。"风卷红旗如画"，遥想当年，中国工农红军从井冈山像一道铁流汹涌而下，就在这武夷山一带荒林野莽中展开游击战，排挞天地，叱咤风云，开创了英雄的土地革命战争一个大时代。当人们指着路边似乎还带着林木芳香的新筑的木屋，告诉我这里就是从前的红区人家时，我的眼睛有些湿润了。想一想，今天的一朵白云，一盏鲜花，一座新兴的建筑，一个富裕的农村，一星灯火，一片青云，一个微笑，一番美梦，这每一幽幽心曲般的小径哪一条不是从那血雨腥风未有涯的艰难岁月中开辟而来？我寻到九曲源头，这儿的水清澈得就像没有水一样，而粼粼日影又让你感到水在轻轻飘

浮。这时，一个神奇的幻想，在我心灵上倏然一亮。我站起来，我听到一阵阵轻幽而婉转的鸟鸣，我看到色彩艳丽的蝴蝶在上下翻飞。这时，我的灵魂，已不仅在清泉之上徘徊，而随着九曲溪，下崇溪，奔建溪，直泻闽江，飞临东海。我站在这高山之巅，望长天浩荡，大地苍茫，一刹那间心驰万里，神骛八荒。我想从南平而来的几百里，山凝浓碧，树摇新红，溪流像歌声飘过土地，一峰一壑都是绝佳景色。如果，以武夷山风景区为核心，以南平、建瓯、建阳为外围，以原始森林为靠背，这将是一个多么辽阔而广大的绿的王国，这将是一个多么珍奇、奥秘、自然、美丽的大公园。当我这样想时我自己也笑了。我仿佛忘记了自己的年龄，怎么把信念延伸到下个世纪？不，不需要那么久远，如果谁想把美据为己有，谁就没有美的品格，谁就不配说美。何况在我们飞腾的大时代，当然不会点石成金，但理想总可以变为现实。我完全有理由相信这一点，因为，我在这儿接触的每一个人，都对武夷山充满爱，而爱是最伟大的动力。请你想一想这些山，·这些水，这些簌簌竹林，这些苍苍古木！这儿春暖时，不仅深谷里飞出兰花的幽香，流水也飘浮着兰花的香气。这儿冬寒时，茫茫的大雪变成琉璃世界，而一片片白梅林洋溢出醉人的芳香。一个动物学家步行一里之遥，就听到上千种鸟的鸣声，这儿是鸟的天堂。一个植物学家说，而今传遍世界的红茶，最早从这儿诞生，这儿是天然植物园。百多年前，这儿就成为外国生物学家的宝库，至今巴黎、伦敦、夏威夷的博物馆里还珍藏着从这儿采去的稀有动植物标本。那么，今天，这莽莽苍苍的大自然，这诗，这美，一切都属于我们，我们为什么不开发这绿色黄金的矿藏呢？更重要的是，这儿不仅凝聚着中华民族神魄的过去，也凝聚着中华民族神魄的今天和未来。因为，我们瑰丽的大自然，就显出新时代山河的大千气象，舒展着新时代天地的蓬勃生机。

我一回到寓处就倒头入睡。醒来一看表，下午三时。但我一想到明晨即将告辞而去，我就不愿放松最后一片时间再一探武夷绝境，便驱车北行。就这曼陀、天心、霞宾等山的名字已足以诱人。当我游罢水帘洞，啜一杯泉茶，淋两肩雨雾，转过山头，放眼一望，但见前面深黑色的深谷巨峡中照射过来一片斜阳，有如一片濛濛银雾在微微颤动，实在太美了！我们盘旋而下，深入壑中，只听洞水琮琤，且随山回路转，鹰嘴岩赫然出现面前，使我心神不觉一震。三十六峰峥峥美，我爱鹰嘴神魄奇。它像一只鹰仰天欲飞。你看，钩形的鹰嘴下，赭色胸脯，丰然壁立，使你感到它随着呼吸在微微起伏，全身黑苍苍的脉络向后倾斜，如丰满的羽翼翔翔欲动，山脊上一片小树棵恰像翎毛微耸，悚悚凌风。我在山根下坐了很久，我觉得正是在最后一刹那间，我看到了武夷的神魄。这一鹰岩，使得整个武夷千山万壑都活了，都动了。雄鹰即将凌空而起，傲视人间，睥睨东海，悠悠盘旋，漫然呼啸，于是整个武夷则如大海狂涛，汹涌澎湃，飘摇动荡，不可遏止。这时落日金光，闪烁长空，我觉得山在微微地震颤，水在微微地震颤，而我的心灵也在微微地震颤了。

山幽水远读不尽

南 帆

闽地多山。火车哐啷哐地穿行于千百个山坳与隧道之间，峰回路转，蜿蜒逶迤，声嘶力竭，风尘仆仆——所有的人都在固执地找寻一座山中之山。古老，神秘，峰奇峭，水清冽，这就是武夷山了。中生代晚期，地壳不安分地剧烈运动。天倾西北，地石满东南，火山喷出了滚烫的熔岩。那个时候武夷山就来到天地之间了。"碧水丹山，珍木灵草"，这是南朝的江淹赠给武夷山的八个字。当时的江郎仍然才高八斗，寥寥八个字第一次将武夷山送入了史书。从南朝的江淹一直到今天，多少人翻山越岭，千里迢迢，就是为了觐见武夷山？

入住幔亭山庄。领了房间的钥匙，插入锁孔拧开门，不禁倒退了一步——满当当的一窗青峰与浮云。当即扔下了行李呼朋唤友：看山去！看山去！

登泰山而小天下。登武夷呢？武夷山是不必攀登的。看武夷山，下水去。武夷山的众峰簇拥之间，竟然有一脉流水曲曲折折地穿山而过。取来一份武夷山地图，九曲溪犹如太极图中

央的那一条曲线。一曲一峰，一折一壑，水盘山转，九曲溪浅浅的，细细的，仿佛贴心贴肺，逐一地招呼过千峰万壑。第九曲的码头，早就有竹筏等在那儿。乘竹筏沿九曲溪漂流而下，武夷山的纵深就一幕一幕地拉开了。夕阳斜照，山岚尽散。玉女峰羞怯可人，含情不语：大王峰状若莽夫，横冲直撞。天游峰一壁危崖，光秃秃的一块巨大的岩石寸土不留，倔强而孤傲。九曲溪两岸山势腾跃，千树葱茏，无数黑黝黝的岩石嶙峋嵯岈，如同万千怪兽出没于峰峦之间。

刚刚下九曲溪，水深不过两三尺，哗哗有声。溪水清澈见底，河床上的鹅卵石历历可见。艄公左一篙右一篙地撑着竹筏，信口诌一些野趣十足的传说调侃山水，听不听都无所谓。偶尔会有些水花顽皮地溅上竹筏，打湿了人们的鞋袜。过了第七曲之后，水渐渐深了，一篙下去插不到底——艄公说，最深之处竟然三十余米。这时的竹筏缓缓地漂浮于清风和青峰之间，万虑俱泯，一心澄然，似看非看，无思无念。两岸的石壁上铭刻了历代文人的墨迹。或者龙飞凤舞，或者沉郁顿挫——这是山的千年记忆吗？

舍筏登岸，似乎就踏到了朱熹的足迹。隐屏峰的紫阳书院是朱熹五十四岁时亲手创办的。这位儒学大师生前并不显赫。他的大半辈子都在武夷山区治学、传道、授业。紫阳书院曾经鸿儒云集，据说受业于朱熹的儒生有两百多人。"程朱理学"的一半扎根于武夷山水之间。奇山异水曾经给大师带来多少灵感？武夷山的朱熹纪念馆是一座简朴的庭院，碑文记载了朱熹的业绩。入门即可见一幅题词："东周出孔丘，南宋有朱熹。中国古文化，泰山与武夷"——北国南国的两座名山竟然因为孔子、朱熹两位大儒而遥相呼应。纪念馆之中有一尊朱熹的塑像。这是一个清瘦的老人。隐于东南一隅，藏身于崇山峻岭，他的思想竟然能破空而去，从南宋到清末，七百余年传播流布于大江南北之间。朱熹纪念馆之外，可以见到几丛碧绿的芭蕉树与粉墙相映。曲阜的孔庙古柏苍苍，森然肃然；芭蕉丛中的紫阳书院或许有更多的生趣？阔大的芭蕉叶的确另有一番开朗的气象。

别过了朱熹，也不要忘了柳永。"寒蝉凄切，对长亭晚，骤雨初歇。都门帐饮无绪，留恋处，兰舟催发。执手相看泪眼，竟无语凝噎……"谁没有低吟过这些悲悲切切的句子？这位著名的词人也是武夷山之子。不要以为武夷山只有刚直的理学，武夷也出得了放浪不羁的文人。笑在青楼，醉在街头，今宵酒醒何处，杨柳岸晓风残月，这也是武夷山的风流。"凡有井水饮处，即能歌柳词。"文学史可以证明，柳永的几十首词也被传唱了七百余年。

山中闲居，自然是要饮武夷山茶的。找一个山坳里的茶寮，要一壶武夷山的"大红袍"，看山峦之间一团一团的浮云变幻无端，这就是武夷山的韵味了。大红袍母树孤零零地长在一面绝壁的半山腰。每年采下的茶叶不过数两，始终是送往京城的贡品。这几株茶树的种子如何到了绝壁之上？谁发现了它们？怎么有了一个如此华丽的名号？各种传说人言言殊。茶寮主人手脚麻利地烫好了茶壶，一排摆开几个小酒盅似的茶杯。嫩黄的茶水稠得像酒，一时异香四起。茶寮主人的嘴也没闲着，他们说得出各种版本的"大红袍"故事：神仙，书生，状元，和尚，如此等等。于是，一杯，两杯，颊齿之间余味缭绕，微涩之中似乎还品得出些许历史的沧桑。

的确是沧桑历史。多少人听说过，武夷山层层叠叠的黄泥底下埋藏了一个完整的汉代古城？南北长八百六十米，东西宽五百五十米，面积四十七万平方米，无数的炊烟、笑语、铁匠的铺子、陶器作坊以及旌旗、鼓角、酷烈的杀伐都无声无息地凝固在地表之下，只剩下一片漠然的荒草杂树。登上一座不高的山岗，老城址赫然而现：城墙的残迹，干涸的护城濠，城里的建筑横竖有致，清晰工整。考古队挖掘了高胡南坪宫殿建筑群基址。这是天井。这是殿堂。这是前庭。这是后院。这是厢房。这是廊房。这是浴池。这是台阶。这是铺着河卵石的小道。这是弯弯曲曲的排水系统……总之，这仿佛只是一幢刚刚拆除的老房子，片刻之前主人才抽身离去。很难想象，现在踩住的这一块石头竟然是两千多年前的墙基。

题武夷

[宋]陆 游

少读封禅书，始知武夷君。
晚乃游斯山，秀杰非昔闻。
三十六奇峰，秋晴无纤云。
空岩鸡晨号，峭壁丹夜暾。
巢居寄千仞，鸿荒想羲轩。
风雨蜕玉骨，难以俗意论。
丹梯不容蹑，修蔓亦畏扪。
溯流进小艇，愧惊白鸥群。
学道虽恨晚，养气敢不勤。
宦游非本志，寄谢鹤与猿。

这即是闽越国的遗址。汉高祖刘邦封闽越族首领无诸为闽越王。后来的历史就是一系列大同小异的演义了：叛乱，讨伐，自立为帝，大军压境，打破城门和付之一炬，这是中国历史故事惯用的叙事学；英雄远逝，灰飞烟灭，这就是骚人墨客千年咏叹不尽的抒情素材了。高胡坪宫殿遗址迄今还保留了一口水井，泉涌不息。提上一桶水喝一大口，清凉，微甜。这口井饮过君王，饮过重臣，饮过嫔妃佳丽，饮过三军将士。俯身把耳朵贴近井口，或许还听得见两千年前的澎湃激越。

二十余年，我已经记不清几番登临武夷山，而每一番登临都重新感到了陌生。山幽水远读不尽。幔亭山庄的服务台可以购得导游手册。接笋峰，伏虎岩，鹰嘴岩，桃源洞，一线天，遇林亭，云窝……每一个名称都是一个巨大的诱惑。如若盘桓的时间长一些，根本不必繁琐地查书。信步出门，不问东西南北，拣一条曲径只管走去，脚力尽时必有所见。

袁枚于老迈之际遍览名山大川，七十岁入闽谒武夷，叹为观止："以文论山，武夷无直笔，故曲；无平笔，故峭；无复笔，故新；无散笔，故遒紧。"踏遍青山，老而无憾矣——袁枚的游历止步于武夷山。《游武夷山记》如同此行的一个完美的尾声："援笔记之，自幸其游，亦以自止其游也。"

题 武 夷

[唐]李商隐

只得流霞酒一杯，
空中箫鼓当时回。
武夷洞里生毛竹，
老尽曾孙更不来。

和 平 古 镇

蔡芳本

一路上，时晴时雨，群山烟雨濛濛。

遥遥说要到和平古镇，到邵武不能不到和平古镇。

遥遥像邵武的山水一样清秀。她那两只眼睛，我一直说她像天成奇峡那锦溪的水，而我就像那溪底的鹅卵石被她留在眼底。

遥遥是和平人，她说，她的先人在这里生长了四千多年。天哪，四千多年是个什么概念，四千多年前是古闽越时期，也就是说，我现在踩踏的石砖是四千多年前的石砖，我到和平古镇是在跟遥远的从前会面。我疑心我见面的还有古闽越的风雨？

历史怎么会这样近呢？近在眼前。

遥遥她今天梳了两个朝天辫，我说这不好看。她说，你不懂，你看看和平古厝就懂了。

遥遥的两个朝天辫还真像和平古厝上的燕尾脊，一角一角翘上天，好像在飞翔，又好像燕子落人间。

和平有好多古大厝，据说将近有三百余幢，已经坍塌许多了，但有的还十分完好，住着人家。这些古大厝都是青砖黛瓦，雕梁画栋，似乎都是建在明清时期。可见，明清时期，这里是繁华盛地。

遥遥说，其实，从唐代开始，这里就是邵武的分县了。繁华从唐代或者更早就开始了。现在，从和平到江西、泰宁、建宁等地方都是很容易的事。而过去，这里是兵家必争之地。从这里出福建省，只有一条道，这条道叫"愁思岭"。我想，和平古镇能够完好保存到现在，和平人能够世代安居乐业，能够香火旺盛，大概是由于兵家争而不毁吧？兵家应该也知道，这一块美丽的地方，这一块风水宝地，毁了是一种犯罪；兵家大约也知道，生活在这里的舒适和美好。那些领兵的人，应该不是土匪不是草莽，应该都是一些读书人，能够吟咏水的读书人。

有意思的是，这里的好山好水果真出了一百多名进士，后来，大家都称这里为进士之乡。这些进士，都成了国家的栋梁之材，和平古镇该建立了多大的丰功伟绩呢？

不管怎么说，和平是读书的地方。

遥遥说，和平有一座书院，宋朝大文学家朱熹来这座书院讲过课。邵武的好几个名人也是从和平书院出去的。

遥遥带我到书院，我感觉它的建筑跟一般的大户人家没什么两样，但自有一种孤清和高远气息扑面而来。书院很旧了，有点霉味。有一个老人还住在里面，见我们进去，他也不言语，这让我更觉得有点神秘。走过厅堂，天井的石椅上供奉着一盆兰花，这盆兰花，我想是承接雨露生长的，这盆兰花是为了证明书院的幽清而存在的。

遥遥说，她饿了，要去吃豆腐。我们沿着古街青石板路慢慢摇着。下过雨的青石板路自然是光滑可鉴，走一步就是过一个天。

和平的豆腐是邵武一绝。别处做豆腐是用石膏或卤水点聚。和平做豆腐却是用酵母。豆浆磨完了，倒入一个特别的锅中，再加入母浆。母浆每天都要适时添加，这母浆就这样一年一年传续下来。所以和平人说"一块豆腐百年酵，一口咬下味百年"。

　　做豆腐的人家告诉我们：用石膏或卤水制作的豆腐，油炸后会硬，煮了容易烂，而浆豆腐，炸后外韧内嫩，怎么煮都不烂，而且越煮越香。遥遥憋不住了，跟我背起了豆腐歌："温柔玉板清盘鲜，扑入油花唱又颠。金甲披身香四逸，千烹万煮总缠绵。"

　　那几天在邵武，我顿顿点和平豆腐。不吃和平豆腐，真是枉到了邵武。也是真的，同样的东西，水土、人文、制法不一样，那口味真是差远了。

　　张季远爱吃家乡的莼菜鲈鱼，毛泽东喜欢武昌鱼和湖南的辣椒，说不定，以后我就只想着和平的豆腐呢。

　　遥遥说，你不能说"说不定"，你要说"永远"。好，我说"永远"。可是，世事难料，"永远"有可能吗？

　　诱惑太多，"永远"有可能吗？

　　这古镇还在，可人几乎都走了，从书院的后代开始。

　　书院的主人娶了三房妻子，生了二十一个儿子，留下各房的三个大儿子，其余十八个儿子让他们各奔前程去了。现在书院的后人在世界各地居然有四千多万人。四千多万人呀，他们知道祖先吗？他们知道和平古镇吗？他们知道和平书院吗？

　　但愿他们知道。

　　这么好的一个地方，不知道，他们说得过去吗？

　　邵武诗人赵许青告诉我，书院的先人叫黄峭，堪慰的是，书院的后人都还惦记着故乡，还会来瞻仰祖先。

　　吃完豆腐，我跟遥遥走完了长长的石板街，又走了东门望楼，北门望楼，走到了风雨亭。风雨亭在古道上，四周是绿色的田野，那田野绿得发青。

从仙楼山到梦笔山

许怀中

也许是读沈从文的《边城》之故，我对边城总怀着一种神秘、幽远的感情。那"溪边芦苇水杨柳，菜园中菜蔬，莫不繁荣滋茂，带着一分有野性的生气"的描写，至今犹时时浮现脑际。省内的几个边城县，只剩下浦城没有去过。

今年的桂花将开未开的季节，我终于到了这个让我心驰已久的地方。

这个地处闽北边缘、界连浙赣、古为闽越族居地，"东北通吴越，西南扼闽中咽喉"，曾经是福建沟通中原文化的主要通道的浦城，蓦然勾起了我的一种异样的情怀。

次日，观赏城里的两座山：仙楼山和梦笔山。这边城的两座山，沉淀着深厚的文化传统。

先上县城南浦镇东隅的仙楼山。它原名越王山，又称粤山。相传宋时东京道人李陶，自武夷至浦结庐于此，号曰小天竺。李陶成仙人飘然而去，为念真人，改小天竺为迎仙楼。我站立楼前，把对联抄下，"仙遗旧迹笛韵销声丹井冷，楼展新姿笔花溢彩绿波长"，另一对"欲饮木樨归南浦，每逢佳节上仙楼"。我正在味品对联的韵味，有人告诉我们这对联正是陪同登山的宣传部潘部长所拟。我原以为拟此联者大概是个老人，想不到却是出自年纪不大的新一代之手，暗自思忖这里可有许多生花之笔？

再登近三百级的石阶，到了小天竺亭。传说是李陶来这里修炼时盖的。放眼远眺，此处东与吴山对峙，绿波悠长的南浦溪像一条佩腰玉带。下石阶，又往上登，来到越王亭。对越王，历史功罪已有人评说："拒汉麾兵烽火难温霸业梦，筑城兴浦仙林犹幸越王亭。"这对联道出东越王馀善反抗汉朝，做霸业的迷梦是难以实现的。但他在这南浦溪畔"筑城临浦"、立烽火台于此，却留下历史功迹。烽火台的遗址依稀可辨，历史的风烟似依然在飘浮。

下了石级，近看吴山青，南浦碧，溪畔滩上绿草萋萋。最后我们到了曙光阁，1932 年 方志敏率红十军攻克浦城，在这里

设立指挥部，挥师奋战。这座仙楼山的历史，如此富有。

从仙楼山到梦笔山途中，苍穹飘下轻轻的、柔柔的细雨，不要避它，因为它不会把你淋湿，却平添了一分凉意和清爽。

梦笔山，也是早已闻名的，这回亲临它的身旁，知道它原名孤山，离县城只有一公里的路途。六朝江淹梦笔生花的典故，使梦笔山的名字代代相传，经久不衰。这座令人梦寐以求的梦笔山，虽像小丘，但名气很大。今河南兰考县人江淹，被贬到这里当县令，在任三年，遍游了境内山川名胜。相传一日，他漫步郊外，倘徉此山，夜宿山上，梦神入授五彩笔，自此文思如涌，落笔成章，蜚声当世，于是更山名为梦笔山。后江淹回京，当了京官，又做了一个梦：神人把彩笔收回，从此才尽。陪同我们的当地人说："传说江淹又跑回浦城向神灵祈求，神灵托梦说授笔已经三年，取回了。江淹无可奈何。"

一个个诗人墨客来到此处，"江淹现象"勾起他们多少思绪。此时在我面前展现一片田野，禾苗青青，土地广袤，使人心胸豁然开朗。人杰地灵，这里曾经是福建去中原的交通要地，也是中原来福建的首栈，商业鼎盛，客旅繁忙，文化发达，人才辈出。历史上曾有八宰相、十三尚书、四状元，许多名人都在这边城留下足迹。来此的文人有感，当时江淹受贬在这富有灵性的地方，又深入下层，懂得民间疾苦，难免要梦笔生花，佳篇不绝。后来他得高官厚禄，脱离基层，耽于利禄富贵，自然文思要枯竭。试看那些在官场权利欲膨胀的"文人学者"，哪个不是写不出好文章而搁笔呢？我想，搁笔不写的原因是复杂的，但从"梦笔生花"到"江郎才尽"，其中蕴藏着教人寻思的创作规律。

山风频频吹拂，似有深秋的凉意，一路清风，一路思索，主人招待的桂花茶，清香久久存留……

北东园日记诗

[清]梁章钜

屋后青山辟洞天，
闲来选胜续前缘。
仙坑那及仙楼好，
释我相思五十年。

顺昌宝山

马照南

一

宝峰雄峙彩云飞，
时序仲春景色新。
银杏初荫竹树茂，
杜鹃吐艳花木蓁。
水帘洞里听猴圣，
花果山中看王猕。
细品新茗清郁气，
陶然仙境上湖村。

二

大圣原型何处寻？
宝山峰顶南天门。
元时石庙础犹在，
明代小说境更新。
膜拜习俗千年盛，
享香神位八闽存。
百年疑案新进展，
天鉴学人一寸心。

漫步清莲寺

李冬生

步入清莲寺，犹如走进古建阳的历史长卷。该寺建在水南原宝山庵遗址附近。记得我少年时，正值抗日战争时期，曾去宝山庵前挖过防空壕。大雄宝殿上一尊释迦牟尼佛身高达数丈，金碧辉煌。该寺何时被毁，不得其详。正是怀着这股浓郁的怀旧心情，一个秋风细雨的早晨，有幸偕惠民、连植诸学兄重上宝山，漫游清莲寺。

未入寺境，秋风送来一阵阵寺院钟鼓声，伴着僧尼诵经的低沉吟唱，一种超凡脱俗的肃穆，灵魂出窍的茫然，传遍全身。不是仙境，胜似仙境，大雄宝殿前栏杆上"庄严净土"四个大字干脆利落地点明此地与尘世的区别，属另一种精神世界。凡人俗念至此自行抖落，正如大雄宝殿一侧对联上写的："清磬一声鸣歇了尘劳诸烦恼。"漫步至此，已是另一种人生观价值观的世界。你看，大雄宝殿内，檀香缭绕，梵音低徊，佛光辉煌，一尘不染，心里肃然起敬，这也许正是宗教神奇的魅力。

大雄宝殿后，一座新的殿宇——圆通殿即将完工。两米多高的玉石观音，慈眉慧目，显现平等博爱、普渡众生的情怀。殿前四根盘龙大石桩堪称现代石雕艺术杰作，一条条从石柱上镂空雕刻出的张牙舞爪的大石龙，盘云驾雾，栩栩如生，给圆通殿造足了人间仙境的气势。这些龙柱都是来自印尼、香港、晋江等地的信徒捐献,庙里几乎每一件构建与物品,如石柱、香炉、佛殿、塔、楼房都铭刻着捐献者姓名,一分一厘,笔笔分明。

住持释世觉法师,一张圆脸,笑眼常开,仪容慈祥,语多禅机。我们要上山,问路如何走?法师曰:"你走到山前,就有路。"谢连植兄不禁称绝:"此禅机也!"众人开怀大笑。

山顶观音阁,堪称清莲寺一绝。放眼山下,饱览市区高高低低如森林般的新楼群,环山竹影松姿,满眼翠绿,令人大饱眼福。近可见登高山宋慈亭,远可望童游火车站。山中杉林如伞,密不见天。途中遇见外地一行游客对着大雄宝殿构筑进行工艺录像。清莲寺的造型构建精美,看来已名声在外了。

据释世觉法师介绍,清莲寺远景规划还要建天王殿、伽蓝殿、钟鼓楼、藏经阁、放生池、山门……届时清莲寺将成为闽北一座体系完整的大寺院,更值品味,风景更好。中国佛教协会会长赵朴初居士为清莲寺题写的寺名,笔锋刚劲有力,堪为当代不可多得的墨宝,也预示宝山清莲寺将更加繁荣兴盛。

此行最重要的收获之一是瞻仰了清莲寺传世镇山之宝——《大藏经》一百卷。这是台湾财团法人佛陀教育基金会赠送的珍贵礼品,它充分体现了两岸人民共同的文化传统、宗教信仰和血肉之情。这一佛经集大成,内中许多经卷篇章,可能就是大唐时唐僧西天取经从印度取回翻译的。深厚的文化底蕴,使清莲寺更加厚实古朴。这些经卷,我们不揣冒昧,粗略翻看几卷,竟无一能解读,其玄机之深奥,非我辈圈外人所能领略。佛教与儒学、道家等诸子百家一样,是一门精深博大,浩如烟海的大学问,就其世界观、人生观而言;也是一门哲学。住持释世觉是建阳佛教协会会长,在旁给我们介绍大藏经,可惜我们听得云里雾里,那是另一个世界的声音。

目前全寺出家僧侣、带发修行居士共有十余人。从佛家视角看,跳出苦海,需要大智大勇。张惠民学兄在一首咏宝山的诗中云:"宝筏渡人世有之,山光水色共传奇。胜因不染红尘苦,境界殊凡日月知。"谢连植老师也有一首诗云:"出水红莲灿若霞,欣从法宛护千家。求财祈福俱宜正,涤虑清心应去邪。行止情如东逝水,荣枯事等隔朝花。莫争蜗角多涉趣,烂漫空门避世哗。"两首诗都感悟人生,引起我的共鸣。步入清莲寺,是登上感悟人生的圣坛——念天地之悠悠,前无古人,后无来者,有一种超然出世的洒脱。下宝山,见游人三三两两,有的全家几口,有的情侣一对,向清莲寺跋涉而上,我们衷心祝福他们高兴而来,满载而归。

洞宫山之谜

章 武

风帆渡海瞻蓬岛，鸟道横空近武夷。犹记炼丹炉畔立，一声长笛落花飞。

——[明]郭斯垕《洞宫丹室》

到洞宫山旅游，便是一场灵魂的冒险。这座藏匿在闽东北政和、建瓯、周宁、屏南四县市交界处的远山、深山、野山，其幽奥的躯体内埋伏着种种美得叫人心颤，却又怪异得令人发昏的景象，如符咒，如密码，如一页页读不懂的天书，却又使人隐隐感到，那是天工造化对人类的某种暗示，某种隐喻，某种呼唤。迂笨如我者，只能把这种种有关地质、气候、历史、文化乃至宇宙之谜的谜面做一番摄影式的展示，以提请后来的智者去破译，去解读，去诠释。

花桥：风云突变

这里，是进入洞宫山的唯一通道。一条小溪，宛若一位爱唱山歌的牧童，从峡谷深处蹦跳出来，而这桥，便是挂在他脖颈上一只精工打磨、玲珑剔透的长命锁。

这是座单拱石桥，全封闭的桥面上托举起三层木构楼阁，属于风雨桥的一种。也许是画栋雕梁檐牙飞甍美如锦簇的花团吧，当地人称之为花桥。

徜徉的长廊式的桥面上，仿佛进入了深远的历史隧道。只见楼阁与廊屋间处处是神龛，供奉着佛道土地诸神。其中，尤以桥头的陈靖姑塑像引人注目。陈氏，又称临水夫人，是闽东、浙南乃至台、澎一带民间所崇奉的一位女神，传说能呼风唤雨，斩妖灭怪，护佑妇女儿童，其法力堪与湄洲岛的妈祖娘娘相媲美。那么，是何种原因把她老人家请到花桥上来的呢？

我们想登楼探个究竟，不料，"铁将军"把门。据说掌钥者为村中某位长者。派人去请，不来，说是要先送"帖"。帖者，古人之名片也。我们不是古人，只能把当代人的名片送了过去，这才有位老者蹒跚而来。一来，他便以威严的目光，不容忤逆的手势示意妇女止步。入乡随俗，我们只能顺从，这可委屈了两位同行的女士，她俩把好看的小嘴翘得老高，使人目不忍睹。

老者一边开门，引我们踏上昏暗的木梯，一边口中念念有词。那声音听起来，似乎发自地层深处，有一股出土文物的气味："古时候，这桥下常有黄鳝精作怪……"我想，黄鳝精者，岂不就是山洪暴发时之滔滔黄水也！既然能请古代的陈靖姑来此镇桥治水，却又不准现代的女性登楼，这真是一个绝妙的讽刺！

楼板吱吱嘎嘎，楼上空空如也。但凭栏仰观，却可看见阁楼顶部的飞檐翘角处悬挂着风铃。那风铃系铸铁所制，造型古拙，黑森森、沉甸甸的垂在空中，凝然不动，默然不语。据老者介绍，三楼四角共有风铃十二枚，东、西方各六枚。若是西边铃响，必定出大日头，桥下农家尽可晒衣晾被刨番薯米；若是东边铃响，便赶紧收拾东西回家，迟了，准被大雨淋成落汤鸡。

原来，这风铃还是古人留下的天气测报器。可惜，今天丽日晴空，东边的风铃稳如泰山，我们是无缘听见那神妙的铃声了。正嗟叹间，仿佛峡谷深处有人暗暗射来一支利箭，那东边一枚风铃的铃坠儿猛然一颤，又一颤，便连发"当当"两声，第一声，震得我们头皮都麻了；第二声，山溪两岸的树木似都簌簌乱颤。

余音绕梁之际，我们抬眼望天，天上依然一轮赤日炎炎，

纤尘不染的碧空如同湛蓝的大海，浩浩然无一丝波细浪。

老者捻须微笑："你们今日上山，该带雨具喽！"

姑妄言之姑妄听，大家全都不予置理，便嘻嘻哈哈钻进汽车，往峡谷深处进发。

奇怪的是，当我们盘上山顶时，一团乌云如几十匹黑骏马已追上了我们的汽车。当我们于黄昏归途中重临花桥时，此桥已笼进一片烟雨迷茫之中。花桥，这神秘的花桥，承载着古代封建迷信又承载着古代科技文明的花桥，雨中的花桥，是一团湿漉漉的、浓得化不开的谜。

虹溪：天书奇谭

倘若坐飞机俯瞰洞宫山，一定能发现深山密林间有一双明亮的眼睛，那是洞宫山水库的两个人工湖，明眸皓齿，光彩照人。是上苍的一对仙女，还是人间的姐妹村姑？

这一双姐妹湖又像结在一根长藤上的两瓜。那长藤，便是缠绕于奇峰峻岭间的鸳鸯溪，而它在此间的上游，却另有一个颇富诗意的名字：虹溪。

这虹溪的奇绝处，在于它的溪底是平的，完完全全是一块光滑的大石板，既无浅滩，亦无深潭；既无泥沙，也不见鹅卵石，一泓碧水，就那么从从容容、自由自在、潇潇洒洒地从平平坦坦的溪底石床下泻下去，且一泻达十里之遥。

蹲在石板桥下俯察溪水，又见溪床呈现一种雍容华贵的古铜色，宛如古代美人的一面铜镜，那水中斑驳陆离的青苔，便是镜面上的点点锈痕。一缕阳光从云隙中筛落，那水面竟氤氲起一片七彩斑斓的雾气，虹溪之名，大约由此而得吧。

我索性脱下鞋袜,赤足涉入清溪。溪水不深,刚够淹没足踝,但却极冷,冷得如同针砭刺骨。我咬紧牙关,加速轮流抽起发麻的双足,但水下溪床滑溜溜的,却不容我快步。好不容易踩到了溪中央,但听满耳都是潺潺的水声,水声灌进了五脏六腑,仿佛整个灵魂都受到一次冲荡和洗涤。我真想就这么平躺下去,让溪水推着我从十里溪床上滑下去,滑进永无尘埃和污垢的清虚世界……

我倚石临流小憩,等待山风吹干双足。抬眼朝对岸望去,一座孤峭挺拔的黛青色山峰正与我对视。绿荫披拂的崖壁上,隐隐露出一排山洞的洞口,宛若陕北黄土高原的窑洞。只是那洞口没有红辣椒黄玉米也没有大红玻璃窗花,它们静悄悄的,黑黝黝的,似乎含着亘古的沉默,只有一只苍鹰从彼处掠起,却又平展双翅悬在半空,仿佛钉死在天幕上。

同行的老政和介绍道:那山便是洞宫的主峰,峰呈"宫"字状,其岩洞又大如宫殿。可惜山崖太高了,凡人是爬不上去的。但据地方典籍记载,晋代张华曾进去过。张华是建州刺史(大约相当于当今的南平地区专员吧),他遇到一位仙人指引,石门大开,便走了进去,但见洞内三室都是满架满架的图书,取一册下来翻阅,却一个字也不认识。仙人告诉他:"这是天书。"张华想借一册带回钻研,也被婉言谢绝了。怏怏离洞时,还发现洞口有两条大狗看守着……

据现代学者考证,"洞宫"就是"闷宫"(秘宫),那么,这里是闽越族先民的一处秘密藏书馆、档案馆?

据民间传说,曾有人看见"飞碟"从天降落于此。那么,这里是外星人在地球上的一个停靠站?那"天书"上所写的可是外星人的文字？

又有人以汉字"会意"构字法来猜这一字谜，认为两只狗和那位会讲话的仙人，正好组成一个"狱"字，那么，这里是外星人的一座监狱，一座阴森可怖的宇宙之狱？……

岩圈：扑朔迷离

我们在洞宫山林场享用了终生难忘的一席午餐："三菇"——香菇、草菇、野菇，"三苦"——苦菜、苦笋、苦锥子，外加南瓜、毛芋、马铃薯、萝卜，还有一盘虹溪小白鱼，一盘鲜美的野兔肉，全是道道地地的山野风味。我因赤足涉过溪水，主人说山高水冷，一定要喝酒御寒，于是，便灌了我一碗家酿的红米酒。

于是，我便醉眼朦胧起来，摇摇晃晃上了汽车，但觉汽车像个陀螺，随着虹溪层层跌落成飞瀑，那陀螺也越旋转越快，

终于钻进了一个深不见底的大峡谷。

谷口横空一长长的石桥，单拱，跨度长达百米，凭栏俯视桥下，灰蒙蒙，白茫茫，湿漉漉，分不清是云还是雾，怪不得此桥有个超凡脱俗的名字：雾中桥。

顺手捡了根树枝，权作拐杖，便从桥头寻路下行，刚拨开丛莽，"哗喇喇"掠起几团乌影，吓得我酒也醒了。

好不容易钻到了峡谷底部，却发现自己仿佛置身于混沌初开的洪荒时代。那峡谷浅浅的溪床上斜嵌着几段圆柱形的巨石，倘若连接起来，便是一根硕大无朋的擎天柱，那柱础部分，还显得特别肥大雄厚！那么，是谁，能顶天立地，像共工怒触不周山那样，奋发神力，把这巨柱推断呢？

更令人惊异的是，那巨石上竟密密麻麻印上了许多同心的圆圈，仿若一枚枚钢印，细看那圆圈的环纹，深深锓入一二厘米，线条流畅圆转，不因石质坚硬而滞断。那岩圈，总数达二百八十多个，有单圈，有双圈，也有一些既像单圈又像双圈，似在裂变、旋转、闪动，其直径有长达四十厘米者！这些岩圈，是创世纪神话中的"太阳蛋"、"宇宙卵"，还是妇人子宫内小孩的胚胎，正躁动不安地喷薄欲出？

老政和介绍：经地质考证，这里的岩石系一亿三千万年前火山运动形成的英安岩，石质坚硬。曾有人用日本进口钻头去刻，也只能留下浅浅的痕迹。那么，是谁，在什么时候，出于何种目的，又是用什么工具，比进口钻头还要犀利的工具，在这里刻出这二百八十多个怪圈呢？

它们，是图腾？是文字？是数学公式？是宇宙星系图？是闽越族酋长与外星人签定的契约书？

它们的作者，是地球上的原始人？是手持激光枪的外星人？是地震？是海啸？是火山爆发时的雷和电？抑或是千万年来以柔克刚的峡谷激流与漩涡？

群山缄默不语，层林幽寂无声。只有岩石上的这些怪圈，像鬼眼一般神经兮兮地盯着我们。

而我们一个个，全都呆了、傻了、痴了，像一根木桩钉在那里，张口说不出话来，伸脚迈不开步伐。

天然电视大屏幕

然而，风来了，云来了，阳光和阴霾正在谷口上空捉迷藏。诗人黄文忠催促大家在雨前进入峡谷，说那里还埋伏着一个奇迹呢！

于是我们绕开巨石，溯溪床逆向而上。路，越走越窄，终于没有了路。我们只能四肢并用，在崖壁的缝隙间攀援，跳跃。有人跌倒，有人被荆棘勾破了衣衫。好在是旱季，否则，"清泉石上流",到处滑溜溜的,准要摔得个鼻青眼肿乃至粉身碎骨!溪随峰转,面前出现了一方深潭。潭面光滑如玻璃,倒映着四周的翠影。那素洁的树干,如同浴女们的皎皎玉体,而那纷繁的绿叶,便是青丝在碧波上漂浮摇曳了。红蜻蜓黄蜻蜓来往穿梭,蓝蝴蝶白蝴蝶上下翩翩,难道它们也都心旌荡漾,不能自持?

潭水深吗?不知道。我投下一石,随着一圈圈涟漪荡开,便有一串串水泡从水底咕噜噜升了上来,气泡时大时小,时疏时密,忽而如一串串珍珠晶莹闪烁,忽而似满天星斗乱颤乱抖,我恋恋不舍地蹲在潭边,看看手表,气泡儿竟冒了六分多钟,共三百九十秒!

难怪有人说,这潭底与东海相通。谁知道它心井有多深,心思有多长!

峡谷犹如一个葫芦,它的底部居然为一个半圆形的小天池,一双瀑布,从两侧的千仞石壁上飘飘洒洒落下来,一束阳光从乌云缝里直射下来,满池碧水明亮似镜,诗人黄文忠斜掷一石,镜面碎了,却摇曳出无数银色的光点、光斑、光圈、光晕。

"看!"随着诗人一声欢呼,我们全把视线抬高,瞄住了池对岸悬崖下方一片略为凹陷的石壁,奇迹出现了,那石壁居然是一面天然电视大屏幕:先是斑马纹出现,斜斜地由右下角向左上角迅疾推进,接着,线条柔软下来,变成了起伏的波浪,波浪层层翻涌,晶莹的浪花飞溅,却又幻化成满天雪花飞舞,飘飘的雪花慢慢凝固,如同夏夜繁星闪烁,星星又渐渐变成了流星,银光四射,结成了一张渔网,渔网纲举目张,且不断抖动,似有鱼群在网中活蹦乱跳。此时,如同摄像机由远而近推移,那渔网由全景、中景、近景而至出现特写镜头,那网线越变越粗,如同法国画家马蒂斯的人体剪影，那人体又酷似舞蹈演员，正随着急促的鼓点跳霹雳，舞姿强劲，渐趋高潮，忽然，一切戛然而止，光影消失，又只留下一方光洁的石壁。

我们从梦幻中醒来，抬头望天，原来乌云已吞没了阳光，一场暴雨即将来临。我们来不及多作思考，便寻原路逃出了这幽秘、深邃的峡谷，绕过布满岩圈的巨石，攀上雾中桥，钻进了汽车，车顶上，已传来炒豆子般的雨点声。

风声雨声林涛声，车窗外的洞宫山，山鸣谷应，一片迷离。

洞宫丹室

[明]赵迪

仙人有丹室，遥隔翠微里。

石鼎云影红，星坛霞气紫。

珠林散暮声，碧月落秋水。

灵迹今尚存，神光夜中起。

湛卢山

蔡其矫

千年历史的古道
所有绿苔青藤
用隐约模糊的细语
回答无数疑问
湛卢古称昆吾
应当都是古越语的音译
可词义是什么
已在历史黑暗中消隐

文明是血泊里开放的花
武器是时代的先声
剑啊,泯灭在阳光里
照耀在夜色中

王者和将军
握着你如握一条彩色闪电
弑君可穿透甲衣三重

佩带更威武堂皇

一把剑演出许多传奇
使这座山著名
历史有回声——
那个神秘的冶炼师傅
拿宁波的铜，绍兴的锡
放在闽北含铁的炉灶
无意中促成新的金属诞生
人民为纪念他
在这座高峰立祠建庙
山成了剑的象征

时间的长河总在变动
千年来，纪念祠让位
金身佛像占了正座
这是一种调剂
杀伐太多
需要大慈大悲
香客鱼贯而上
昏暗的红柱雕梁下
闪烁冰冷的彩云

烛火青烟中充满诵经声
信念居留爱情深处
人要相会又要分离
这也是千年忧伤的历史

年轻的身影步向巅顶

在平台溅起的云雾中

跳心爱的迪斯科

花枝在梦中飞舞

青春翠绿的宝石

在心灵的节奏上辉煌

飞波流霞的眼神

顾盼之中恣意狂妄

让她大胆地炫耀吧

赏心悦目是那笑容

消魂问家信远近

潮湿的风摇荡黑发瀑布

掀开春天的帘幕

在万物深沉的睡梦里

在群山的环抱中

湛卢书院

　　宋代著名理学家朱熹,曾在湛卢山麓筑"吟室",并在此读书、著述、讲学、授徒。朱熹死后,人们为了纪念他,在吟室旧址建了湛卢书院,传授理学。湛卢书院自宋以来,历经七百余年,其遗址至今尚存。元朝时,宋代理学家杨时的七世孙杨缨到湛卢山担任湛卢书院院长,并在剑峰之下建造"续贤庵"。

那一溪碎片是前世的记忆

北　北

　　一下到竹排就看到它们了，它们是或白或青或深浅不一的黄褐色的陶瓷碎片，形状不等，大小不一，那么零乱任性地散着，东一片西一簇，自在而昂然。因为水浅，而且清，清至宛若透明，阳光依稀洒落，在水面银样晃动，水下的瓷以及与卵石几乎混为一体的陶片，便也跟着晃了，晃出珠宝的神秘与诡异。

　　这是在闽北邵武市西南部肖家坊镇天成奇峡，人称"南武夷"的地方。武夷山的九曲溪天下闻名，这里的溪弯来弯去竟也有九个折；也不厌其烦曲了九次，不同的是武夷的开阔壮烈它是没有的，取而代之的是狭窄与陡峭，八公里长的溪流细带子般飘动在峡谷的夹缝里，抬头望天，天被密密的杂树遮挡得只剩几星枯瘦的碎片，那么无辜地紧缩着身子，一股别处根本体味不到的风韵顿时就弥漫了。

　　撑排的艄公穿着红马甲，首尾各站一位，举着长长的竹竿，将竹排轻盈划动。他们一直没闲，手以及嘴。红豆杉、长叶榧、江南油杉、沉水樟、香果树，那么多国家保护的珍稀树种都摊手摊脚往溪中自由探出身子，艄公叫唤指点着它们的名字，嗓音里都是自豪。还有许多叫不上名的，站在前面撑排的那个艄公这时总会回过头，用手中的竹竿往前一指，说，那些树你们在外面看到过吗？肯定没有吧！他开心极了，莞尔一笑，两排

118

精白的牙刹时从黝黑的皮肤突奔而出，像一注水，迎面扑来。话音未落，两岸群鸟的鸣叫已经蜂拥而至了。

可是我一直不太将他的叙述仔细听进去，在他惊惊乍乍指着哪个峰哪块石说它们像什么什么时，也仅是浅浅一瞥，然后目光就迅速低垂落下了。珍稀树种或者奇峰异谷都能打动人，但是溪之下那些陶与瓷片，看似静谧安详，却一块块挤挤挨挨地剧烈涌动，是它们将我的目光更深更久地牵引了去。溪水折了一次，差不多总要折出一百八十度的大弯，往下看，它们还在，再折一次，再看一次，仍然有，一直有。陶或者瓷，哪一样不是尽沾人间烟火气的东西呢？可是这么幽深的山，这么僻静的谷，这么漫长的溪，是谁将那么多的碎片一路铺展？问艄公，艄公一愣，说，因为从前，溪的上头有一家非常非常大的烧制碗罐的窑厂，所以才有了它们，从前？何时的"从前"？艄公舔舔嘴唇，说明朝。

竹排还在走，我的思维却停滞了很长一段时间。大明江山是被彪悍勇猛的努尔哈赤及其子孙砍杀得七零八落，直至最终落幕的，从那时到现在，已经三四百年过去。那些陶那些瓷，它们降落人世的时间，竟已经那么久远了？

突然想起一个人：袁崇焕。

兵部尚书兼右副都御史袁崇焕在清皇太极一个反间计中，被自己一直肝脑涂地献上忠诚的皇帝肢解于西市，破碎的尸体又被不明就里的愤怒市民和酒生吞。他倒下之后，明王朝没有哪个人肯豁出气力与胆量再去挡一挡八旗呼啦啦奔涌而来的铁蹄了。而在倒下的那一瞬，他的目光可曾住南眺望，望见碧水丹山之间的邵武？1619年，明万历四十七年，袁崇焕中三甲第四十名，赐同进士出身，授福建邵武知县。闽北这个小小的县城原来就是他仕途起步的地方啊。如果知道千辛万苦宦海跋涉，最终的结局竟是这般不堪，想必在那时，在万历年间，在他仅仅三十五岁正值人生壮年之时，就很乐于早早歇下壮志，仅凭一顶小小七品乌纱帽，悠哉徜徉于蜿蜒的溪流中，只图快意寻诗觅词，逍遥似仙了。

那间非常非常大的窑厂，是否就是在他当知县时所建、所兴盛？问艄公窑厂毁于何时，为什么毁了？艄公摇头。

就凭想象出发吧。当袁知县的冤魂千里迢迢从京城漂泊归来时，电闪雷鸣，暴雨如注，霎时间地动山摇窑厂崩塌，高垒其间的千陶万瓷次第碎断，秋叶般飘洒而下，纷纷扬扬，冬日不息——那样的世道，忠奸不辨，良莠混杂，苟存性命又有何益？不如同毁同枯。一起逝去，一道入葬……

低头细看，看一溪绵绵不绝的陶瓷碎片，时间与空间都已经恍惚模糊。清澈的溪水仿佛一层玻璃笼罩着它们，让它们就这样带着前世的记忆，与我们久久对视。

南平是福建开发最早的地区之一，所辖十个县市的建县历史都在千年以上，这在福建省九个地市中是绝无仅有的。建阳刻书业历史悠久，南宋时，这里是全国的三大刻书中心之一；邵武傩舞始于宋代，至今仍流行于邵武部分乡镇；光泽灯舞世代流传，种类丰富，是民间舞蹈的奇葩；武夷大红袍代表着皇家贵族气质，浦城木樨茶则充满了民间温情……南平风情，源远流长，独具魅力。

品味

地方风情

南平市国家级及省级非物质文化遗产名录

国家级非物质文化遗产		
遗产名称	类别	申报地区
四平戏	传统戏剧	政和县
南平南词	曲艺	南平市
武夷岩茶（大红袍）制作技艺	传统手工技艺	武夷山市
邵武傩舞	民间舞蹈	邵武市
建瓯挑幡	杂技与竞技	建瓯市
省级非物质文化遗产		
浦城闽派古琴	民间音乐	南平市
邵武长门	民间音乐	南平市
延平战胜鼓	民间舞蹈	南平市
邵武傩舞	民间舞蹈	南平市
政和四平戏	戏曲	南平市
延平塔前大腔金线傀儡	戏曲	南平市
南平南词戏	戏曲	南平市
邵武三角戏	戏曲	南平市
南平南词曲艺	曲艺	南平市
建瓯挑幡	民间杂技	南平市
武夷岩茶（大红袍）传统工艺技能及习俗	民间手工技艺	南平市
建阳建本雕版印刷	民间手工技艺	南平市
延平闽蛇崇拜民俗	民间信仰	南平市
延平蛙崇拜民俗	民间信仰	南平市
浦城剪纸技艺	民间美术	南平市

品茗话建盏

谢道华

中国的黑釉瓷产生于东汉时期，经过近千年的发展，至宋代达到鼎盛。坐落在建阳市水吉镇的建窑把黑釉瓷推向了历史的高峰，建盏是其代表性的产品。从已掌握的资料看，"建窑"的名称最早出现在明代曹昭的《新增格古要论》中："建窑器出福建，其碗盏多是撇口，色黑而滋润，有黄兔斑、滴珠大者真。"建窑黑釉属于古代结晶釉的范畴，含铁量较高。在高温熔烧过程中，由于窑内火候的高低和气氛的变化，使釉面产生奇特的花纹。这些釉面花纹与华丽的彩绘或繁缛的雕饰不同，它们是釉料在一定的温度和气氛中产生变化的结果，似为"窑神"之作，具有神秘的艺术魅力。建窑的兔毫等结晶釉变化莫测，博得了众多文人雅士的喜爱和赞颂。按照釉面纹理不同，建窑黑瓷大致可分为乌金（绀黑）、兔毫、油滴、鹧鸪斑、曜变和杂色（异毫）等六大类。

第一类是"乌金釉"，也叫"绀黑釉"。"绀黑"一词在宋代蔡襄的《茶录》中已有记载："建安所造者绀黑，纹如兔毫……"这是建窑黑瓷较典型的釉色。乌金釉的表面乌黑如漆，或黑中泛青，此外，也有的呈黑褐色或酱黑色。一般来说，酱黑釉釉层普遍较薄，光素无纹，早期建盏的釉色多属此类，釉面略显呆板，黑而不润，极少挂釉。建窑乌金釉釉层普遍较厚，"色黑而滋润"，上乘者亮可照人，有庄重素雅之美。

第二类叫"兔毫釉"。"兔毫"一词在宋代文献中就已频繁出现，如《茶录》中"纹如兔毫"，祝穆《方舆胜览》中"兔毫盏，出瓯宁之水吉"，苏东坡、黄庭坚、杨万里等诗文中也都频频出现这个词。兔毫是建窑最典型且产量最大的产品，以致人们常常以"兔毫盏"作为建盏的代名词。所谓"兔毫"，就是在黑色的底釉中透析出均匀细密的丝状条纹，形如兔子身上的毫毛。由于"窑变"、等因素影响，兔毫形状有长短之分、粗细之别，颜色有金黄色、银白色等变化，俗称"金兔毫"、"银兔毫"等。黄庭坚在《信中远来相访且至今岁新茗》诗中说："松风转蟹眼，乳花明兔毛。"蔡襄在《试茶》中也赞道："兔毫紫瓯新，蟹眼清泉煮。雪冻作成花，云闲未垂缕。愿尔池中波，去作人间雨。"

第三类叫"油滴釉"。"油滴"一词至迟在 14 世纪末 15 世纪初就已出现在日本的文献中。成书于日本应永年间的《禅林小歌》中载："胡兹盘以建盏居多，有油滴、曜变、……天目。""油滴"一词在中国古代文献中尚未发现。此种称呼目前陶瓷界尚有较大争议，有的学者认为"油滴"是宋代文献中所指的"鹧鸪斑"。所谓"油滴"，是指在乌黑的底釉上散布着无数具有金黄色或银灰色金属光泽的小斑点，故又有"金油滴"、"银油滴"之分。这种斑点多为圆形，大小不一，大者直径一般为三四毫米，甚至达一厘米；小者仅一毫米，甚至细如针尖，形如沸腾的油滴散落而成，使人眼花缭乱。油滴也是一种结晶釉，烧成难度较大，成品率低，传世或出土很少。在日本的文献记载中，"油滴"是仅次于"曜变"的名贵瓷品。在现代收藏界，"油滴"是建盏中可遇而不可求的珍品。

第四类称"鹧鸪斑"。"鹧鸪斑"一词在宋代文献中常有出现，如陶谷《清异录》中载："闽中造盏，花纹鹧鸪斑点，试茶家珍之。"《方舆胜览》载："兔毫盏，出瓯宁之水吉。黄鲁直诗曰：'建安瓷碗鹧鸪斑。'"僧惠洪诗中也写道："点茶三味须饶汝，鹧鸪斑中吸春露。"陈赛叔也在诗文中赞道："鹧鸪碗面云萦字，兔毫瓯心雪作泓。"可见，宋代建窑不仅生产鹧鸪斑茶盏，而且还得到了文人雅士们的认同。

第五类称"曜变"。"曜变"一词至迟在《禅林小歌》中就有记载。成书于 16 世纪前期的《君台观左右帐记》中，把建盏珍品划分为若干等级，其中将"曜变"列为"建盏之至高无上的神品，为世界所无之物"。所谓"曜变"，就是在黑色的底釉上聚集着许多不规则的圆点，圆点呈黄色，其周围焕发出以蓝色为主的耀眼的彩虹般的光芒，故而得名。曜斑广布于建盏的内壁，并随所视方向的移动而变化，垂直观察时呈蓝色，斜看时闪金光。由于"曜变"烧成难度极大，故传世甚少，仅日本国收藏四件，其中三件被定为"国宝"级文物，一件被定为重要文物。此类产品可谓皇冠上的明珠。

第六类为杂色釉。由于建窑黑釉器系"窑变"所致，故釉面纹理变化多端，除上述五大类釉面纹理之外，还有一些杂色釉，如柿红色、赤红色、酱釉（酱绿釉、酱黑釉、酱黄釉）等。而有的文章中提到的"灰白釉"、"芝麻花"、"结晶冰花纹"、"龟裂纹"等杂色釉，笔者认为都是火候不够高的次品（生烧或半生烧品）。

建窑黑瓷胎质的截面多为黑色或灰黑、黑褐色，皆因含铁量较高所致；其胎骨厚实坚硬，扣之有金属声，俗称"铁胎"。正由于建窑黑瓷中的建盏胎体厚重，胎内蕴含细小气孔，利于茶汤的保温，适合斗茶的需求，所以，在宋代成为最上乘的茶具之一。

优 美 南 词

黄彦渊

南词最早起源于昆曲,清乾隆间《霓裳读谱》中就收有"南词摊簧"。大约在清道光年间,这种以坐唱昆曲剧目为主要内容的说唱形式,已在苏州流传,并被称作南词。

相传清道光年间,一位苏州商人把它带到福建。所以,延平的南词戏艺人,世代奉称"苏派正宗",以区别从江西传入的"赣派"。

南词从江苏经浙江传入南平已有二百多年的历史,它之所以能长期扎根,跟当地的语言有一定关系,因为延平的方言本身就是"土官话",加上南词音乐曲调接近民间,唱白文词通俗易懂，所以得以广泛流传。

延平南词戏的音乐唱腔有自己独特的风格，俗称"八韵南词"，即正板唱八句，一句一个韵。这是基础曲调。其中韵调有涛韵、峰韵、秋韵、旭韵、津韵、云韵、霞韵、武马韵、凡乙韵等，然后根据剧情内容

南剑戏

南剑戏，原名乱弹，又名江西路。清末从江西传入南平。因主要行当小生、正旦和小旦用小嗓子演唱，故又称小腔戏。民间艺人用南平方言对演唱和道白加以改造加工，形成有当地特色的地方戏曲。因南平曾有南剑之称，所以这种戏曲后来被称为南剑戏，或称南剑调。

的需要，组合成各种不同的曲调。此外还有单玄、双玄、别玄、别调以及民歌小调等。又由于南词直接受昆曲的影响，所以也保留了一些昆曲常用的曲牌，如"泣颜回"、"耍孩儿"、"一枝花"、"大得胜"、"将军令"、"折桂令"等。

乐器方面分打击乐、管乐和弦乐三类。打击乐有紧鼓（即板鼓），腊色（即檀板），松鼓和渔鼓。渔鼓是南词特有的乐器，专门伴和南词弹唱，此外还有大锣、小锣、大钹、撞子、碰铃等。管乐有苏笛（定调）、唤呐、笙和箫。弦乐有负责唱腔的主胡（梅胡或越胡）、琵琶、扬琴、小三弦、双簧、二胡、低胡等。

南词戏的传统剧目有《出猎回猎》、《昭君出塞》、《白蛇传》、《蔡伯喈》、《白兔记》、《牡丹对药》、《秋江》、《僧尼会》、《拜月记》、《西厢》、《花魁醉酒》等本戏和折戏。

十年动乱期间，南词戏作为一个地方剧种被取消了。上个世纪80年代初，南词实验剧团得以重建，并开设了福建省艺校

南词戏

清代中叶，苏州的一种坐唱曲艺"南词滩簧"传入福建后广为流行，在以南平为中心的闽北各地尤盛。这种声腔与南平一带的地方语言和民间音乐逐渐融化结合，经民间艺人加工发展，形成南平南词，老艺人谓之"苏派正宗。"

南词班。2006年，文化部将南词曲艺列为国家第一批非物质文化遗产。

2005年，我们带着一个南词小戏参加了山东滨州的国际小戏艺术节，在董永的家乡闪亮登场。没想到，优美的南词唱腔一下子就征服了所有观众的心，许多戏曲专家说，我们怎么都不知道中国还有一种唱腔如此优美的南词曲种。

后来，我在一篇散文中是这样描写南词的：两百多年了，桃花流水。乾隆年间的花香至今还在这里的山野弥漫，从昭君出塞的一曲悲歌到牡丹对药的诙谐幽默，从秋江的妩媚风流到西厢的相思缠绵……南词，在这块土地上，上演了历代帝王将相、才子佳人的千古绝唱。同时也将草民们的生活描绘得栩栩如生。

这种优美的曲调如果你想以天上的彩虹作为比喻，那么，她就是有声的彩虹；如果你想用流水作为象征，那么，她的余韵会让你咀嚼千年，难以忘怀……

建瓯挑幡天下绝

丁 中

体育场上，彩旗飘扬，锣鼓铿锵。一位身着民族服装的老汉，手执一杆十几米长的竹制长幡，飞步出场。只见他先将长幡竖放脚尖之上，然后轻轻一挑，长幡便飞到肩上。接着，转到手中，随着铿锵有力的锣鼓节奏，两手轮番舞动，将长幡上过头顶，落到后背，再用手接住继续飞舞。只见长幡在他的手中上下翻飞，左右盘旋，飞转如梭，呼呼生风，长幡顶上的"彩塔"飞转，

铃声叮当。大转之余，演员还时而肩扛肘擎，时而牙咬口挑，时而腰撑鼻托，甚至头顶长幡，但长幡始终巍然不倒。

表演到尽兴激烈时，借助于锣鼓的声威和观众的呐喊，这时，只见几十个演员同时冲进操场，几十杆大幡，同时挥舞。你争我抢，男来女往，老少齐动。但见长幡从你的手中传到我的手中，从男的

脚尖飞到女的脚尖，从老的手上飞到少的手上，数十根长幡同时盘旋，极为壮观；风如海啸，声如雷鸣，铃如金钟，交织着锣鼓声、呐喊声，欢呼声，组成了一个波澜壮阔的山呼海啸、惊天动地的场面，犹如征战的勇士们仰天长啸壮怀激烈，夺人心魄。

挑幡来历，据民间传说，颇有一段悲壮的历史。明朝末年，清军以席卷之势南下，郑成功"不受诏，不剃头"，率部抵抗，坚守闽北。其时，有建瓯青年一百零二人参加郑军。郑成功两次北伐失败后，这些子弟大部分战死。最后仅两人从间道回到家乡。父老乡亲为家乡子弟兵的英勇壮烈感到欣慰。农历正月二十四日，乡亲们搭台唱戏，一方面为幸存而归的战士洗尘接风；另一方面也为阵亡战士举行祭奠仪式。他们以大毛竹自制"长幡"，为死者招魂，在激昂的锣鼓声中，左右挥舞，上下翻飞，乡亲们则在一旁呐喊助威，尽抒胸臆之情。从此每年农历的正月二十四日，就成为建瓯的挑幡节，而大洲人也成为建瓯挑幡的主力。久而久之，除了正月二十四日，其他一些重大的民俗活动中，挑幡队也都会应邀前往表演助兴。

建瓯挑幡真正为世人

所知，则在新中国成立后。1953年，在华东区第一届全民运动会上，建瓯挑幡作为民间体育节目进行表演，获优秀表演奖。1986年5月1日建瓯挑幡传人陈泉城成立了"老来乐传艺队"，经常在福建省内外表演，引起了更多人的关注。1995年，中央电视台导演看了建瓯挑幡的录像资料以后，鼓励申报吉尼斯世界纪录。1996年1月，陈泉成带领建瓯挑幡队员参加上海电视台"天下第一"栏目表演，博得了热烈的掌声和一片赞扬。为此，上海大世界吉尼斯总部特授予建瓯挑幡为"大世界基尼斯之最"。

从此，建瓯挑幡声誉日隆，技艺日益提高。创造出"手舞东风传"、"脚踢西方柱"、"肩扛南天松"、"牙咬北海塔"、"肘擎中军令"、"腰掸日月星"、"鼻托乾坤棒"、"口挑百战旗"、"头顶一层天"、"单指支天柱"、"额挑泰山顶"、"众力抛金棍"等十二大招式。这些招式在表演时穿梭运转，你来我往，又组成跌宕起伏的套路，表演时还配有特别创作的"建瓯挑幡舞曲"。挑幡自此升华为一种融体育、技艺和舞美为一体的新型技艺项目。

四平戏：中国戏剧活化石

李隆智

《辞海》中也认为灭绝的四平戏，奇迹般在闽江源头的一片古老大山中发现，并入选第一批"国家非物质文化遗产名录"。这个被称为"中国戏曲活化石"的古老剧种，历经数百年，在渐渐消逝的今天，又慢慢地苏醒……

2007年9月16日，农历八月初六，坐落在政和县东部海拔一千多米高山怀抱中的一个小村庄——杨源村的村民，迎来了他们祭祖的日子。村头不远处山上古老的倒栽杉树，斑驳地洒下金闪闪的阳光。二十四杆土铳一起鸣放，上千人的踩街队伍，穿着奇特的戏服、画着古怪的脸谱、扛着祖宗的神位，敲锣打鼓一路浩浩荡荡聚集到了村尾的英节庙。一阵热闹的锣鼓声中，那融入村民血液的四平戏开演了。

唱戏是在当地英节庙的古戏台上，台下坐满了人。只听见先是鼓点声响起，大约击打了十几下，锣和钹也响了，五个后台配乐的人坐在戏台的一侧。一个穿着黄色戏服的演员跳了出来，第一出戏上演的是《蟠桃会》，讲的是王母娘娘寿诞上，东方朔偷蟠桃的故事，唱词很有意思：(唱)"受尽劳碌苦难行，龙腾虎跃天行将去，扒开枝叶仔细搜寻。"(白)"好桃好桃真好桃，眉开眼笑盗得此桃献寿，应当回洞报……"演员的唱腔在尾音的时候，悠扬着往上旋，后台配乐手开始和音，一唱众和，最后发出"兮"的颤悠悠的结音。

接着，关公、周仓、八仙、金童玉女，各色人物纷纷登场。坐在台下的几位老太太很是陶醉地跟着哼唱。旁边几个听不懂戏文的小孩，一直追问着剧情。

细心的人会发现，有些演员穿的是草鞋，有的演员只是上身披着戏服，连裤子都没换。剧团团长张孝友介绍，全剧团的二十几个人全部是农民，农忙时一样到田里干活，只有在农闲时才抽空来排练戏。因为资金困难，行头很寒酸。

中国戏剧家协会会员、福建闽江学院中文系教授邹自振教授介绍说，政和四平戏的发展历程总体上是艰难曲折的。最早的四平戏于明末清初由江西传入，主要在杨源一带有"咏霓轩"四平戏班活动，与当地"英节庙"一年两度的庙会密切相联，村里男男女女都会唱四平戏。十六岁开始学唱戏的七十五岁老

艺人张明甲也验证了邹自振教授的话。他说："当时学戏的人一批又一批，都是年轻人。"所以有句话是"杨源孩子三出戏"，就证明了四平戏在当地的影响。

邹教授说，康熙、雍正年间（1662-1735），杨源四平戏演出活动一度兴旺。戏班是半职业性或业余的，角色行当在雍正时期较齐全，分生、旦、净、末、丑、贴、外、夫、礼等九门。雍正中期，戏班经常被请到邻县周宁、寿宁等地演出，每到一地演出均达半个月以上。早期演出的剧目有《白兔记》、《刘文锡沉香破洞》、《八卦图》、《青铜棍》、《苏秦》、《芦林会》等。后来戏班在寿宁演出时，不慎因敬神点香火引起一场大火灾，烧毁戏班行头、道具，仅存一个小板鼓，从此四平戏的演出活动从兴盛走向沉寂。

而在十几公里外的另一个村庄禾洋村，也因为一年一度的传统祭神庙会，热热闹闹表演四平戏。2006年7月演出期间，日本地方文化研究专家、庆应义塾大学教授野村伸一、文学博士铃木正崇教授及福建省艺术研究所叶明生、马建华等五位研究员，带着对传统民间文化的浓厚兴趣来到禾洋村。日本专家详细了解禾洋四平戏文化的发展历史和现状，观看了由禾洋村戏班子表演的《大八

四平戏多流行于闽北、闽东的政和、建瓯、屏南、宁德、霞浦等县市，由于各地方言谐音的关系，曾有"说平戏"、"庶民戏"、"素平戏"、"赐民戏"之称。

仙》、《破南阳》、《双龙记》、《英雄会》等七场精彩的四平戏剧目。日本庆应义塾大学文学部教授野村伸一说，四平戏是真正农村农民自己表演的戏曲，我很受感动。如果把杨源英节庙、禾洋四平戏的一些图片，加一些文字说明，发表到互联网上，是一件很了不起的事情、很重要的一件事，它会引起世界各国研究者的重视。

2007年的9月6日，又到农历七月二十五禾洋人祭神庙会演出四平戏的日子。与杨源村四平戏演出相仿。一样的七铳震天的响，一样的踩街队伍扛着神位敲锣打鼓浩浩荡荡，一样的都是村里农民演出三天三夜的四平戏，粗糙的手脚划着不很流畅的动作。所不同的是他们祭奠的神灵不一样，杨源人演出四平戏，祭奠的是张姓祖先张谨，和与张谨一起为抗击黄巢起义军战死沙场的副将郭荣，而禾洋人祭奠的则是在唐天宝年间发生的安史之乱中，不畏强敌誓死抗击叛军保卫睢阳、最后遭到杀害的唐代名将东平王张巡。

福建省艺术研究所研究员叶明生说，四平戏作为地方剧种与

其他戏曲相比较，艺术上尚处于较原始状态。其表演动作有腾、挪、滚、打，随鼓缓急、进退，不同的行当，手、脚动作都有规定的口诀。后台伴奏仅有鼓、钹、锣、板鼓四种打击乐器，以鼓为主场指挥，音律抑扬顿挫，优美动听。主要角色有生、旦、净、末、丑、贴、外、夫、礼等十二种行当。其语言唱腔是"弋阳腔"遗存，属于高腔系统，古朴粗放，清新悦耳，优雅动听。句末帮腔拖音演唱，道白皆用一种介于普通话与当地方言之间的"土官话"，俗称"讲正字"，只有当地老人才听得懂。

四平戏唱腔语言从江西传入政和，到现在已四百多年，政和四平戏是戏曲界目前存在的最原始剧种之一，所以被中国戏曲界视为古老剧种的"活化石"，具有很高的研究价值。

故乡的木樨茶

祝文善

正月里，在闽北山乡走亲访友，好客的主人总会给你捧出一盅清香四溢的桂花茶，祝祝新年清吉！凝望着清亮的糖水里浮沉着艳丽如丹的桂花，深闻着氤氲飘荡、沁人心腑的芳芬，喝上一盅特有的桂花茶，谁的心底能不泛起清爽和温馨的情感？

桂花树的种植，在我的故乡浦城有着悠久的历史，现存明嘉靖年间《建宁府志》和清光绪时期《续修浦城县志》都有记载。桂花属木樨科，我们浦城习惯称为木樨。木樨树是多年生常绿乔木，树干粗壮，潇洒脱俗；树冠葱茏，参天敝日。其花有白、黄、红诸色。开白花的如碎银簇簇，叫银桂；开黄花的似金稻穗穗，称金桂；开红花的像丹霞朵朵，唤丹桂。桂花树既是珍贵的观赏植物，又有广泛的实用价值。据《本草纲目》记载："桂根取皮贴牙痛可断根。"《便民图纂》中说："收桂叶泡汤服温腹去暑。"桂花性温味辛、散寒破结，祛痰生津，清齿爽口。自古以来人们就以桂花寓吉利和美好之意。历代骚人墨客对桂多有歌咏。二千年前的爱国诗人屈原在《楚辞·九歌》中，就用"结桂枝兮延伫，授北斗兮酌桂浆"来抒发依恋欣愉之情。唐代温庭筠留下"犹喜故人新折桂"的诗句，以"折桂"喻为中举登得。在国外古希腊神话中，桂作为珍品献给艺术之神阿波罗。桂枝也曾被作为荣誉奖给奥林匹克运动会的优胜者，谓之曰"桂冠"。

难怪我故乡的人们世代相传地把桂花茶作为快乐和幸福的象征，在迎春日子里用以款待亲友贵宾。

我故乡的山村周围过去种植好多丹桂树，就连我家不大的庭院里也长着两株，一株金桂，一株银桂。每临中秋时节，明月悬挂中天，天空深邃高远。满树闪金耀银的桂花，便都溶入轻纱似的月色里绽放盛开。夜风微拂，香飘扑鼻，诗情画意，使人欣欣然不想入眠，也不知是人醉在月下花香里，还是梦醒在花香月色中，真可谓"桂子月中落，天香云外飘"啊。在我儿时，就在这样美好的月夜下，祖母常常搂着我，坐在庭院的桂花树下，一遍又一遍地讲述那"桂魂"的传说，往往引起我的遐想和追问："月宫里真的有五百丈高的桂树么？在那株树下真有个学仙犯道而被罚砍树的吴刚么？""桂魄飞来先射处，冷浸一天秋碧。"我们一群孩子常常痴望圆月，唱着"月光光，照四方"的童谣，回味想象着美丽的传说。好不容易盼到收桂花的时候，我们唱着，跳着，在红灼灼的桂花树下，铺上几张谷席，看着大人们用长竹竿往树枝叶腋间轻轻一扫，艳红的桂花便纷纷扬扬飘落下来，如同下了一阵金亮亮的红雨，落洒一地，落到我们的头上、肩上、脚背上，浑身都沐浴在桂花的芳香里。我们手舞足蹈地抢着把谷席上的花扫拢起来，装回家里，用雪白的鹅毛羽把花蒂枝屑剔净，在滚沸的开水里一捞，再拌上白糖浸渍封藏，待到正月里用开水冲泡，便成色鲜味香、脍炙人口的桂花茶。

灼灼桂花，点点乡情。在我离家到外地求学和工作的二十个年头里，每一年都有人给我捎来糖浸桂花。每当喝到故乡的桂花茶，无不牵动着我深深的乡恋之情，也每每使我忆及儿时听到的吴刚伐桂的传说。

谁曾想到，月中的桂花并没有被吴刚砍倒，"树创随合"，千年不衰；而世间的许多桂花树却横遭厄运，几经浩劫。早在"大跃进"时期，村前山后的桂花树几乎都被砍去烧木炭炼钢铁了。在十年动乱中，别说山上的桂花树，就连我家庭院里的两株桂花树也当作"资产阶级香花"刨根问斩了。此后，尽管我每年在书信里千叮咛，万嘱托，家乡捎来的桂花却一年比一年稀少，以至有好几年没有喝到故乡的桂花茶了。

金秋时节，我回到了阔别的故乡，邀请昔日旧友，遍访秋山重重，终于在一个偏远的山湾里，看到几株侥幸留存着的大桂树，那真使我喜出望外。一簇簇、一桠桠、一树树的桂花，引我回想起风华正茂的黄金岁月。那时，几个志趣相投的同学，相聚在皇华山麓桂花树下何等意气风发。我们满腔热情编撰和油印《红桥》，纵情憧憬着美好的未来。转眼人到中年，理想和学识几乎在"十年动乱"的烈火中被焚烧窒息，我们所受的创伤也是如此深重哟！面对寥寥孤寂的几棵桂花树，心里怎能不有惆怅之感呢？望着被萧瑟秋风吹落在杂草乱石丛中的桂花，我不禁低吟起《牡丹亭》中的曲文："原来是姹紫嫣红开遍，似这般，都付与断井颓垣。"这时，同游的旧友高声吟诵："落红不是无情物，化作春泥更护花。"他指点着一些压枝和扦插的树条告诉我，那是乡亲们近年来繁衍待种的桂花树苗。这使我麻木的心为之一振。

"年年岁岁花相似，岁岁年年人不同。"大自然永不衰老，故乡的桂花纵然曾经逐年减少，却是依然岁岁开放啊。事在人为，花靠人栽。桂花，已正式成为浦城县县花。清幽绝尘的桂花一定会在南浦溪畔遍开怒放，在闽北山区万里飘香。

呵！故乡的木樨茶，我深情地祈祝着！

岩骨花香大红袍

伍 新

武夷山是我国著名的茶乡。大红袍作为武夷茶的代表，更是茶中极品。

历朝历代对大红袍极致推崇，显示出大红袍的王者地位。究其原因，首先是大红袍的高贵。自有记载以来，作为朝廷贡品，大红袍总是与帝王连在一起，似乎只有帝王将相才能喝；在献给清朝乾隆皇帝的礼单中曾有"碧螺春二十斤、龙井三十斤、大红袍八两"的记录。即使到了现代，大红袍也还是高贵身份的象征，主要用于招待国家领导人和外国元首。美国总统尼克松访华时，毛泽东赠他四两大红袍，尼克松私下责怪毛泽东"小气"，周恩来解释说："主席已经将'半壁江山'奉送了。"并晓之以大红袍典故，尼克松肃然起敬。其次，大红袍还是"百病之药"。大红袍的得名就和强身健体、祛病养生的药用功效有关。历史上大红袍极为稀有，母树大红袍仅有九龙窠区区六株，年产量不过寥寥五百克，物以稀为贵，所以从清朝到民国一直必须驻兵把守，新中国成立初期仍有士兵看护，后由武夷山茶叶科学研究所管护。此外，比较重要的是大红袍的制作技艺，这已被列入国家非物质文化遗产，在茶类中是唯一的。"武夷焙法，实甲天下"说的就是大红袍的制作技艺，取历代制茶工艺精华，形成独特的工艺流程，制作出的大红袍"岩骨花香"，滋味甘醇润滑，香幽而奇。总之，大红袍品质绝佳，秉山水之灵气，汲天地之精华，独具神韵，甘爽妙不可言，是只可意会、不可言传的茶中"尤物"。

万古山水茶。武夷茶因大红袍得以和武夷山水一同名扬天下，正如前人所说："武夷不独以山水之奇而奇，更以茶产之奇而奇。"

古往今来，人们对大红袍"心向往之却不能即"，因为大红袍太皇家贵族气了，珍贵稀少，它高高在上，独立于奇岩峭壁，奇僧尚且要以果为饵驯猴采摘，何况凡人乎？

为此，武夷山对大红袍的科学研究和实验从来就没有停止过。20世纪80年代初，大红袍无性繁衍获得成功，经专家鉴定，它保持了母树的优良特性。2002年，大红袍获得原产地域（国家地理标志）产品保护，同年6月，国家质量监督检验检疫总局制定了大红袍强制性国家标准（GB18745-2002），并于8月正式实施。至此，大红袍和茅台酒、法国甘邑酒等著名品牌一样，有了国际通用的"护身符"。如今，无性繁衍的大红袍已批量生产，具一定规模。昔日帝王府中茶，飞入寻常百姓家。全国政协委员、国家茶叶质检中心主任骆少君认为：已形成规模的武夷山大红袍，它的质量和母树是一样的。

根据联合国批准的《武夷山世界文化与自然遗产名录》，作为古树名木、文化遗存的母树大红袍被列入世界自然遗产和文化遗产，为严格保护这一珍贵的世界遗产，武夷山市政府决定，自2006年起，对大红袍母树停止采摘，进行留养保护，指定专业技术人员进行科学管理并建立详细的大红袍管护档案。

2007年10月10日，最后一次采自母树大红袍制作而成的20克茶叶，入藏国家博物馆，成为国家收藏的首份现代茶叶。

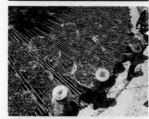

源远流长的建阳刻书

方彦寿

篆图互注出麻沙，瞿陆双丁未足夸。

歌雨楼中听得宝，郘亭经眼正訾查。

这首七言绝句的作者，是现代著名藏书家、版本目录学家傅增湘先生，诗中描写了清代几位著名的藏书家铁琴铜剑楼瞿镛、皕宋楼陆心源、嘉惠堂丁申丁丙兄弟以及郘亭、莫友芝先后得到宋代建阳麻沙刻印的《篆图互注六子全书》时，如获至宝的心情。

建阳刻书业，历史悠久，源远流长，萌芽于五代，繁荣于两宋，延续于元、明和清初。南宋时，建阳是全国的三大刻书中心（蜀、浙、闽）之一。由于建阳地处闽、浙、赣三省要冲，交通便利；森林资源十分丰富，造纸业发达；北宋有游酢、杨时论道东南，南宋有七贤朱熹、蔡元定、黄干等理学大师在此结庐讲学，书院林立，文风鼎盛，为建阳的刻书业的发展提供了良好的文化环境。

宋代建阳刻书业繁荣的主要标志是刻书机构众多，刻书地点分布广泛，刻书数量居全国之首。官刻、家刻、坊刻三大系统已经形成。官刻有建宁府、建阳县等府、县刻书，私刻有私家私宅、私家创建的书院和学者刻书。最著名的是理学家朱熹曾在建阳崇化书坊开设书肆刻书，成为学者刻书的典范，对建阳刻书业产生了重要的推动作用。

坊刻是建阳刻书业的主力军，有的书坊拥有书工、刻工、印刷和装订工匠，并聘请编、校、撰人员；有的书坊主人则自编自刻，集编、刻、售于一身，相当于现代的出版社和书店；有的书坊则接受委托印书，相当于现代的印刷厂。在北宋方勺、南宋叶梦得、陆游等人的笔下，即已出现了"建本"和"麻沙本"等称谓。南宋祝穆《方舆胜览》则将建本图书列为建阳的"土产"，与当时的贡品建茶、建盏并列，并说："麻沙、崇化两坊产书，号为图书之府。"宋代，两坊建阳刻书大约不分轩轾。元明时期，崇化刻书超过麻沙，号称"书林"或"书市"。嘉靖《建阳县志》记载说："书市在崇化里，比屋皆鬻书籍，天下客商贩者如织，每月以一、六日集。"这种远离都市，以图书为主要交易对象的文化集市，无论是在中国文化史还是经济发展史上，都是极为罕见的。

宋代，建阳的坊刻以余、刘、蔡、黄、虞几姓比较有名。著名书堂有余仁仲。万卷堂、刘日新三桂堂、黄三八郎书铺等30多家。建本纸张绝大部分用竹纸印刷，现存于北京图书馆的宋建阳蔡梦弼刻本《史记》、元郑氏积诚堂刻本《事林广记》、元叶氏广勤堂刻本《王氏脉经》、元余氏勤有堂刻本《唐律疏议》等，经专家鉴定，用的都是竹纸。

宋代建本已开始制作插图，其主要特征是上图下文，以图辅文，以文释图，图文并茂。版画插图在刻本中出现，增强图书的通俗性、趣味性和可读性，能帮助读者理解和记忆，因此，受到广大读者的欢迎。宋代建本中，不仅是通俗读物，刻书家们即使在儒家经典中也制作了大量的版画插图，从而使文字古奥难解的典籍通俗化，这是建阳书坊敢于创新的刻书家的大胆尝试。如经部书中的《诗经》、《尚书》、《周礼》、《礼记》、《论语》，子部书中的《荀子》、《老子》、《庄子》、《扬子法言》等，大多以"纂图互注"为名。朱熹对此曾有过较高的评价。他说："书坊印得六经，前有纂图子，也略有可观。"

宋代建阳刻本内容四部俱备，其中又以经、史、子部儒家、医书、类书和名家别集为主。宋代建本书体的特点是效法柳公权体，其间架结构严谨，锋棱峻峭，瘦劲有力。

有元一代，建阳仍是全国四大刻书中心（大都、平水、杭州、建阳）之一。书堂、书铺以及刻本的数量均超过宋代。在全国现存的元刻本中，建阳刻本几乎占了一半以上。内容上，经、史、文集之外，供市民阶层阅读的医书、通俗类书较宋代更多。尤其是日用类书，由于甚为畅销，刊刻者比比皆是，几乎所有的书坊，均有一两种类书刻本。此外，还出现了小说刻本，如《三分事略》、《全相平话五种》等。

明代是建阳刻书业的鼎盛时期，无论是书坊还是刻本均超过宋元时期。据明周弘祖《古今书刻》的统计，明代刻书数量较多的南京国子监 278 种，南直隶 451 种，江西 327 种，浙江 173 种。福建最多，达 477 种。福建刻本中，又以建阳书坊刻本最多，达 367 种。嘉靖《建阳县志》载《书坊书目》多达 382 种，而这仅是嘉靖间的不完全统计，嘉靖至万历年间，新开张的书肆成倍涌现，刻本种类远远超过上述的数量。明代建本刻本内容广泛，其中医书、类书、小说、戏曲以及日用通俗书籍刻本尤多，内容趋向通俗化、大众化，这是明代建本的特点之一。

明代建阳刻本的版画插图发展到了成熟期。明万历间的刻本，几乎无书不插图。其中余象斗、肖腾鸿刻印的小说、戏曲刻本最为典型。明建本插图，突破了早期插图上图下文的单一格式，出现了全页巨幅、上评中图下文等多种形式，使建刻版画出现了争奇斗艳的局面，形成了与徽派、金陵画派鼎足而立之势，被称为"建安画派"。

宋明时期建阳刻书的繁荣，为闽北乃至全闽文化的发展创造了极为有利的条件，促使大批经史、文学、科技等方面的著作不断涌现，并得以及时问世和广泛传播，从而在我国图书发展史上创造了许多"出版史之最"。如在传播闽学文化方面，有我国最早的哲学文选，朱熹于淳熙二年（1175）在建阳编刻的《近思录》；已知最早使用封面的图书，淳熙十四年（1187）出版的《武夷精舍小学之书》；世界最早的版权文告，南宋嘉熙二年（1238）福建转运司榜文，禁止各地书坊盗刻祝穆的《方舆胜览》等书。在史学著作方面，有最早的纲目体史书刻本，朱熹的《资治通鉴纲目》；最早的学术思想史专著，朱熹的《伊洛渊源录》；现存最早的《史记》"三家注"本，宋建阳黄善夫刻本。在文学作品方面，有东晋陶渊明《陶靖节先生诗注》的最早刻本，南宋建阳刻印；唐李白《分类补注李太白诗》的最早刻本，元建阳余志安勤有堂刻印；现存最早话本小说刻本，元建本《全相平话五种》；《三国演义》最早的批评本，明余象斗的《批评三国志传》；最早描写杨家将故事的长篇小说，明熊大木的《北宋志传》。在中医典籍方面，有现存最早的《伤寒论》注解本，元建阳西园余氏刻印；现存最早的脉学专著王叔和的《脉经》，元建阳叶氏广勤堂刻本；以及日本翻刻的第一部中医典籍，日本医家阿佐井野宗瑞于大永八年（1528）刊行的《新编名方类证医书大全》。其所据底本，就是建阳熊宗立于成化三年（1467）自编自刻的，这在中日文化交流史上，被传为佳话。

越看心越宽的三角戏

戴 健

　　三角戏是流传于邵武及其周边光泽、泰宁等县的一个地方剧种，是福建省非物质文化遗产之一。因其每场剧只有三个角色而得名。

　　三角戏亦称"三人士戏"、"三小戏"、"三脚戏"等。其来历有两种说法：一是出现于明末九龙山、武夷山茶区的"采茶灯"；二是清代江西的"采茶戏"（旧称"三角戏"）流传过来。两种说法的时间差异，说明三角戏经历了不同的发展阶段。

　　三角戏的来历，民间还有个美丽的故事。传说古时候在江西一个小山村，有位牧童长年受雇砍柴、放牧。有一年寒冬，大雪封山，无法砍柴，他在一个铺满雪的岩石上伤心哭泣。泪水融化了石上的积雪，山里的狐仙深受感动，变成美女，唱起戏来，为牧童解闷。太阳出来了，狐仙对牧童说："别打柴了，去唱戏吧！唱给村民听，为受不平待遇的人唱吧！"此时，正巧田公祖师路过，听到山里有唱戏的声音，十分喜欢，便上山与他们二人配合，合成三人唱的戏。牧童扮小生，田公扮小丑，狐仙扮小旦。有一天他们来到邵武，就在这里演出传艺。

　　三角戏所有剧目均取材于平民百姓日常生活中的男女爱情、悲欢离合、家庭纠葛之类故事，被称为"家庭戏"，它没有错综复杂的政治斗争，没有惊心动魄的战争场景。剧中人物无非是

147

农民、小商贩、土财主之类，没有帝王将相、文臣武将，因此深受普通百姓的欢迎。他们亲切地说："三角戏没有皇帝没有官，我们越看越心宽。"这是邵武三角戏最大的特色。

三角戏的说唱道白用的是"土官话"和邵武方言，言词诙谐幽默，表演技巧颇具特色。如旦角出场均倒着走，且手舞手绢绸带，身段优美活泼；丑角多用扇子，走矮子步。其曲调分为两类：一是专曲专用，即一支曲牌只用于一个剧目；另一类是通用于任何剧目的"湖广调"。曲牌名称多以剧目名称而定，如《凤凰山》是"凤凰山调"。也有用角色名称定，如"凤凰山老包调"。还有以地名为曲牌名称的，如"赣州调"、"阳调"、"川调"等。无论用什么曲调，都是男女同腔。早先三角戏的器乐伴奏很独特，只有大锣、小锣、冬鼓、北鼓、小钹、木鱼六种，实际上是清唱加打击乐，新中国成立后才加入竹笛、唢呐、胡琴、琵琶等。锣鼓曲调有大金钱花、小金钱花、出介、入介、长介、短介、摇介及"湖广调"的锣鼓。

三角戏最初三四个人便可以演出，乐队仅一人，称"三角班"。后来发展为"七子班"，演员、乐队各三人，打杂一人；以后又发展为"半班"，即演员七人乐队打杂三人，又称"十班"。老艺人把"半班"解释为三角戏和赣剧合二为一、各占一半的意思。为了生存和吸引观众，在演出时，上半场演三角戏，下半场演赣剧。因此直到现在，三角戏艺人都是既会赣剧又会三角戏的多才多艺之人。

三角戏传统代表作有《青龙山》、《十八滩》、《砂子岗》、《凤凰山》、《姑嫂观灯》、《雇长工》、《下南京》等。剧本没有原始手抄本，均为师傅口传。现代戏的代表作有《沿山红路》、《三世仇》、《江姐》、《三月三》等。

光泽灯舞多姿多彩

阿成　文慧

灯舞，为民间道具舞蹈。光泽的灯舞主要有龙灯舞、狮子灯舞、茶灯舞、花灯舞、马仔灯舞、花鼓灯舞、蚌壳灯舞、船仔灯舞等十余种。这些灯舞在光泽世代流传，年节、喜庆日，光泽山城就沉浸在一片灯舞中，呈现出一派欢乐景象。

龙灯舞，也叫舞龙灯，相传始于明朝。朱元璋打败元军后，一统天下。第二年传谕，元宵节普天同庆，官民同乐。一时感动上苍，遣百凤来朝，九龙来贺。京城上空，龙腾凤翔，云蒸霞蔚。当朝丞相刘伯温速命宫中艺高匠人制作龙灯，并训练一班舞龙卫士。每逢朝运盛事就点灯舞龙，庆贺一番。光泽的龙灯，龙眼饰灯火，张口昂首，口中可喷烟火。龙身为竹木架，每节间隔一米，罩上绸、布或纸做的龙衣。绘上鳞片，涂以彩色，节节有灯。龙舞又分为龙灯舞、香火龙舞、纸龙舞。舞龙人数视龙身长短而定，一般在十二至十八人之间。舞者身强力壮，头系方巾，身着彩衣，随着锣鼓的节拍表演。一个球灯在前引路，龙随球走，上下翻腾，左右盘旋。套路有龙戏珠、扭丝盘柱、蜕皮、车水、九龙摆尾等，把龙的形态、声色表演得淋漓尽致。

狮子灯舞，据说是一位通武术的玩龙灯艺人，带着一班徒弟到处舞龙灯卖艺，操得一手精湛的技艺。后来他请匠人制作狮子，狮头双眼饰灯火，由两位舞狮者身着狮服组合表演。根据狮子的特点，结合武术动作，创编了一套走步和动作独特的狮子灯舞。舞狮者模仿狮子的形态和动作，在锣鼓的节奏声中，通过扑、腾、剪、绞、翻、滚、立等动作，表现狮子威猛的神态。

茶灯舞，流传于光泽县鸾凤乡的上屯村。据传当地有一位采茶姑娘名叫茶妹，能歌善舞。因相爱的人被官府抓去当差役，她日日登山而望，夜夜梦郎归来，一边采茶一边歌舞。久而久之，形成了独特的茶舞。茶灯形似花篮，中间可固定蜡烛。晚间点灯舞动，通体透亮。灯纸上绘有花鸟人物。茶灯舞有单人舞和群舞之分，群舞由八至十人表演。采茶少女头包花巾，腰束围裙，手挎茶篮灯，在锣、鼓、钹与二胡、笛子、唢呐的伴奏下，唱着优美的采茶歌，翩翩起舞。其动作融合各种采茶姿势而成，舒展大方，与唱词合拍。茶灯舞有唱词、对白、独白，可以边走边表演，唱词对仗工整、用方言押韵、朗朗上口，主要有采茶歌（从一月唱到十二月）和四季歌。

花灯舞，又叫花篮灯舞。成群的少女身着彩装，手提以各种花卉、彩布装饰的花篮，篮中点上灯火，唱着优美的当地山歌、小调（都是丰收、喜庆、吉利的内容），踩着轻快的舞步，边走、边唱、边舞。

马（仔）灯舞，源于光泽的崇仁乡。相传太平天国时，石达开带兵由止马的杉关进入光泽，老百姓创作了一种表现天下太平、百姓安居乐业的灯舞。制作马仔灯时，先用竹篾扎成马形骨架，马身中空，再裱褙色纸，系在人身上表演。马灯队一般为十人，有五盏马灯，一盏稍大的竹马裱红色为帅者（或皇帝）所系，其余四盏小一些竹马裱黄色为舞灯者所系，每盏马灯均有一马前卒。舞者手执马鞭以示骑马。表演的动作套路不多，主要有骑马、穿插、回旋、奔跑、丑角花、丑牵马等。此灯舞带有戏剧性，念白和唱词用带本地方言的官话，唱腔主要是采茶戏和三角戏的曲调。伴奏乐器有锣、鼓、钹、二胡、笛、唢呐，内容多反映各种社会现实生活。

蚌壳灯舞，先用竹条彩纸扎成大蚌壳，系在由年轻姑娘装扮的蚌女身上，安上灯火。表演时，蚌女随着打击乐和口仿风波声滚动上场，双手各执一片蚌壳，一开一合，表演赶水、整妆、逗渔郎等动作。渔郎头戴竹笠、身穿蓑衣、手拿渔网、渔篓追逐蚌女，动作亲昵，步伐缓慢。唱词委婉动人，你唱我和，表现蚌女大胆、调皮而又羞涩地向渔郎吐露爱情，最后以渔郎用渔网罩住蚌女而舞终。

船仔灯舞，又名旱船灯舞，由划龙船演化而来。旱船为竹扎纸糊，涂以彩色，装上灯火，纸船中空，人扶船走，不设板、桨。

行船时有一定规则，一条条相接相旋，表现遇浪、平行、触礁、停船等动作。船中人边表演边唱，伴奏为锣鼓。唱词、曲调乃俚歌渔唱，相呼相和，富有情趣。

花鼓灯舞，光泽花鼓灯是 1974 年由龚小英从建阳麻沙镇传入。三十多年来她收集了许多地方小戏、民间小调，对花鼓灯老唱本进行了再度创作，并亲手制作花鼓灯（与茶灯略有不同，下面有把手，可提又可举）白天晚上都可以演出。1999 年她组织了鸾凤乡文昌村花鼓灯班子。表演时，一名丑角着戏装耍花扇在前引路，十名彩装女子手持花灯边唱边舞。表演的传统节目有《采茶灯》、《打花棍》、《姐妹观灯》、《小放牛》、《孟姜女过关》等。道具除花灯外，还有花棍、快板等。既有民间小调，又有三角戏、黄梅调、越剧等曲调，五花八门。近几年，农村文化发展迅速，队员从刚开始十五人到现在的二十四人，从老年人发展到年轻人。在光泽县文化馆的帮助下，创新节目有《五打花棍》、《少生快富奔小康》、《戒赌歌》、《现代婚育树新风》、《村里来了科特派》等二十多个。文昌村花鼓灯队除每年正月舞灯外，平时还在城乡各处宣传演出，为丰富社区、农村文化生活发挥了重大作用。

正月十五元宵佳节，当晚所有的龙灯、花灯都会聚在一起，举行赛灯和踩街。届时鞭炮齐鸣，锣鼓喧天，各种花灯争奇斗艳，舞灯者大显身手，全城百姓俱往观灯，热闹非常。